ランニング勝者の
100の心得

跑步勝者的
100天修練

関家良一｜著

その日が来るまで、
自分の器を少しずつゆっくり磨いていきたいものです。

在成就的那一天來臨之前
我會慢慢地、一點一滴琢磨自己這個器皿

李佳霖｜譯

跑步勝者的 100 天修練

作　　者　關家良一
譯　　者　李佳霖
總 編 輯　汪若蘭
執行編輯　陳希林
行銷企畫　高芸珮
內文版型　賴姵伶
封面設計　李東記
發 行 人　王榮文
出版發行　遠流出版事業股份有限公司
地　　址　臺北市南昌路 2 段 81 號 6 樓
客服電話　02-2392-6899
傳真　02-2392-6658
郵撥　0189456-1
著作權顧問　蕭雄淋律師
法律顧問　董安丹律師

2013 年 04 月 01 日　初版一刷
行政院新聞局局版台業字號第 1295 號
定價　新台幣 270 元（如有缺頁或破損，請寄回更換）

ISBN　978-957-32-7175-8
遠流博識網
http://www.ylib.com　E-mail: ylib@ylib.com

國家圖書館出版品預行編目(CIP)資料

跑步勝者的100天修練 / 關家良一著 ; 李佳霖譯.
-- 初版. -- 臺北市 : 遠流, 2013.04
　面 ;　公分
譯自 : 跑步勝者的100項修煉
ISBN 978-957-32-7175-8(平裝)

861.67　　　102004779

跑步勝者的 100 天修練

目次

後記

紀錄不是可以追求的東西，
而是努力後自然而然產生的。

——關家良一

前言

書寫我自己跑步的原點

我開始在網路上逐日撰寫跑步的心得，最早是一九九九年的事情。當初我只有在發生特別事件的日子時，會搭配照片紀錄下那次跑步的心情。到了二〇〇〇年左右，我開始在網路上紀錄下自己當天發生的事、練習的內容，這個習慣成為我每天的例行公事，每天不斷持續更新。

對我來說，我的跑步心得，是寫給不特定的多數群眾看的。我不知道他們的長相，不知道他們具體的樣貌，因此書寫的過程中我懷抱著一種單純的期待；我心裡是這樣想的：在我藉著書寫而揭露自己的過程中，或許可以為自己帶來一種良性的緊張感，練習的品質也能進而提升，每天的生活也可以變得比較豐富。

藉由BBS或是部落格上的留言功能，我得以跟許多跑者進行交流，他們給了我很多意見與建議，我同時也能針對外在的技巧或內在的心態、想法進行各方面的改善，我覺得非常幸福。

後來，我在二〇〇七年結婚，二〇一〇年女兒誕生。有了自己的家庭後，上網的時間就變得相當有限，這幾年也就相當疏於更新日記。

在這樣的情況下，東吳國際超馬賽的承辦人、國際超馬總會技術委員郭豐州教授向我提出了一個提案。他說：「我希望台灣選手在二〇一二年的東吳國際超馬賽當中能跑出好成績。所以，不曉得你能不能像以前一樣，詳細地寫日記，做為台灣選手們練跑的參考，也可以激勵他們。」

剛好，我是到二〇一二年九月初才剛開始正式為年底的賽事進行練習，本來還有點怕上網寫日記會佔據太多時間，當下有點猶豫。但我轉念一想，一直以來在東吳國際超馬賽上，跟二〇一二年初繞行台灣環台義跑的感謝之旅上，我都受到許多台灣朋友的照顧，或許這是我回報這些恩情的機會，於是就爽快答應郭老師的要求，寫下的就是這本書。

書中內容本來是在一個限定的社群平台上公開，只有一些賽事的跑者、相關人士或是其他認識的跑友看得到。我除了分享練習內容外，也在其中交雜了我的經驗談跟跑步相關的知識，或者甚至是一些跟跑步不是那麼直接相關的事，這是希望能讓大家多認識我一點，所以特意寫下的。

到底來說，這是每日記下的隨筆，我就不拘小節，寫得比較隨心所欲一些，因此可能有些地方會顯得好像比較沒有條理。不過在這三個月的寫日記期間內，每天花一個小時，把寫日記當作每天的例行公事，其實出乎意料外地讓我寫得很開心，也讓我得以再度檢視自己跑步的原點，我覺得相當有意義。

我想要再次向郭老師致謝，謝謝他給我這樣的機會。

這本書不同於所謂的 How To 書籍，實際上模仿我的練習方式也不見得就會跑出好成績。甚至初學的跑者如果想試著像我一樣，在一個月內密集跑一千公里的話，可能會在比賽前對身體造成重大的傷害，說不定還有可能最後根本無法站上起跑線。

書中提到的練習或是經驗談，終究是我個人主觀的認知，希望各位跑者們能夠衡量各自的跑步能力、生活環境和目標，配合自己的狀況去做調整。

我一個月內的練習量能夠達到一千公里，也是在開始跑步後的第十四年，也就是二〇〇六年時的事。在能到達這種程度之前，我已經穩健地培養出腳力，所以在練習時幾乎不曾受過傷，也才能在賽事上留下穩定的成績表現。

我想只要不好高騖遠，努力做好現在自己能做得到的事，就是最接近成功的捷徑。
俗話說「積沙成塔」、「欲速則不達」。另外還有一句老子說的話我非常喜歡：「大器晚成」。
在成就的那一天來臨之前，我希望能慢慢地、一點一滴琢磨自己這個器皿。

9月

本月目標里程數： 800 公里

實際總里程數： 803 公里

性質：賽前密集訓練

策略：建立對長距離奔跑的習慣感

1 開始練跑了

今天想要趁氣溫還算涼的時候多跑一點，所以早上五點二十分就從自家出發，跑到離家約六公里的公園。然後在公園裡一圈二・六公里的路線，我跑了十一圈（約二十八公里）後返家，總計跑了四十公里。

今年的夏天非常炎熱，經常連日高溫超過攝氏三十度。根據氣象預報，今天預測白天也會超過攝氏三十度，為了避開炎熱暑氣，我選擇在清早跑步。結果沒想到今天不但一整天都陰陰的，練跑途中還下起了傾盆大雨，一直到跑完為止太陽都沒有露臉，讓人跑得非常舒服。

基本上我會盡量避開在酷熱的天氣中全力跑步。原因在於，如果努力跑過了頭，反而會影響身體狀況，最糟的情況是有可能因為長期疲勞的累積，導致正式比賽時無法跑出滿意的成績。

我雖然沒有記錄跑步時的速度，但回到家時差

9月1日（六）
今日總練跑距離：40km
天氣：陰，微風
氣溫：25° C
跑步滿意度：☺☺☺☺

不多剛好是九點左右，所以今天的平均速度大概是落在一公里五分三十秒。

我從今天開始進入密集練跑階段，正式為十二月的東吳國際超級馬拉松賽事做準備。我希望自己不要焦急，慢慢鍛鍊出腳力。

2 讓距離的感覺麻痺吧

今天，我從位於神奈川縣相模原市的家中，往返了湘南海岸名勝景點——江之島。江之島與我家的距離，單程是三十八公里。

天氣預報說今天是陰時有雨，最高氣溫不到攝氏三十度，我心想這是大好機會。於是和昨天一樣在四點半起床，五點半從家中出發練跑。

今天的天氣可說是絕佳，天空偶爾會飄些小雨。在這麼好的天氣狀況下，去程花了剛好四個小時。

抵達目的地後，我望著大海，一面吃些輕食，休息了十五分鐘才踏上歸程。此時出乎意料之外下起了傾盆大雨，可是沒多久強烈的陽光又露了臉，天氣變化之劇烈，教人有點難以掌握配速。結束後發現回程也花了剛好四個小時，一整趟下來跑得非常暢快。

今天的練跑路線是我相當喜歡的一條路線。雖然也滿常去跑的，不過以練跑距離來說似乎有點太長了。

為什麼我昨天才正式進入練跑，今天就一口氣突然跑了那麼長的距離呢？我的意圖是，想先降低進入長距離跑步的困難度。透過長距離的練跑，能麻痺自己對於距離的感覺，讓自己在面對今後練習的距離時，心理上不會有那麼強烈的抗拒感。

當然，如果一味拘泥在「距離」這件事情上，則很容易本末倒置，讓身體受傷。因此在剛開始展開長距離練跑之際，我心裡始終記掛著一個想法：要小心。換句話說，跑者應該非常慎重、小心地去跑。

此外，在長時間、長距離的慢慢跑之後，身上可能會有某處出現疲勞，跑者也可以藉著這種長時間、長距離的慢慢跑，確認現在的自己什麼地方比較弱。這樣的話，對於今後該如何排定練習內容，應該也相當有幫助。

今天跑完後，覺得右邊的肩胛骨有一點緊緊的。

這也是我今後要補強的重點，但我想樂觀以對，總之，先好好地運用全身去跑。

9月2日（日）

今日總練跑距離：76km

天氣：晴轉陰

跑步滿意度：☺☺☺☺

3 跑步，是日常生活的一部分

我在週間的練跑，主要是從家中往返公司的「通勤跑」。

我把替換的衣服、錢包、手機等東西塞入後背包內，早上七點二十分從家中出發。

路上有時要停下來等紅綠燈，有時要在平交道等電車通過，像這樣花三十分鐘左右跑五公里的平坦道路前往公司，是我每天的例行公事。

我在製造業上班，每天工作的內容是操作機械，進行金屬加工。因為工作性質的關係，幾乎不必擔心要加班這件事，時間很固定。所以，這樣對我自己身體狀況的調控，是很有利的事。

下班時間是下午四點四十五分。回程我選擇了路面較有起伏的十一公里遠路跑回去。

在為賽事做準備的練跑期間，通常我會跑這條遠路。若還有體力和時間的話，回到家放下背包後，我會再繼續跑。

今天在時間上跟體力上都覺得很充裕，所以我回家後又接著跑了一段有起伏的十公里路，一整天下來的總距離是二十六公里。

在週末有充足時間的時候，一口氣進行很長距離的練跑（就像我昨天和前天那樣），這固然是很重要的事情，但在另一方面，趁著平日找空檔，將練跑拆成數次來累積距離，也是同樣重要。

身為跑者，很重要的一件事是：基本上不要把跑步當做「特別的事」，而是要把它看做「日常生活的一部分」，讓身體進而去熟悉這樣的習慣。

9月3日（一）
今日總練跑距離：26km
早上：通勤跑 5km
傍晚：回家跑 11km
晚上：自家附近 10km

4 生活的節奏

早上和昨天一樣，跑了五公里去上班。

下班回程的路上，順道前往一個地方辦事情，於是就先跑到那裡。辦完事情之後再跑回家，結果回程距離變成十三公里，到家時已經超過晚上六點半，所以我決定今天跑到這裡就好了。

現在雖然是練跑時期，但我的原則是「在不影響日常生活節奏的情況下，盡可能累積距離」。

晚上可以的話，我希望全家人盡量聚在一起吃飯。此外，我也相當重視跟兩歲八個月大的女兒之間的互動，因此我每天都盡可能最晚在晚上七點半以前結束練跑。畢竟我不是職業的跑者，除了普通跑者的身份之外，我在家中做為一位父親、一位丈夫，以及一位社會人，希望能夠在取得平衡的生活中進行練跑

9月4日（二）
今日總練跑距離：18km
早上：通勤跑5km
傍晚：回家跑13km

一般跑者若太過熱中於跑步的話，跑步就會變成生活重心，生活的節奏會被打亂，也有可能因此會讓身體受傷，或是搞壞身體狀況。

今後我想要保持自己的步調，長長久久地跑下去。

5 唱首歌吧

今天一樣也是通勤跑步上班，去程跑了五公里，傍晚回程跑了十一公里。回到家後覺得時間和體力都還夠，可以繼續跑，但是妻子找我一起去參加鎮上舉辦的秋日祭典，於是就暫停今天傍晚的跑步計畫。淋浴過後，帶著妻子、女兒一同前往位於神社的祭典會場。

我搬到這個鎮上已經三年了，但參加這個祭典卻是第一次。

這個祭典好像是鎮上的傳統活動，已經持續舉辦幾十年了，主要的活動內容不外乎就是老人家的卡拉OK大賽，所以稚齡的女兒一下子就感到不耐煩，我們也早早就決定離開。

我是不討厭卡拉OK，但比起聽別人唱，毫無疑問還是自己唱感覺來得比較爽。

我二〇〇九年在斯巴達松超馬賽（希臘雅典到斯巴達之間的兩百四十六公里賽）喜獲優勝，賽後在斯巴達市內舉辦的頒獎典禮上，我在眾多的各國市民面前清唱了日本國歌〈君之代〉。那場賽事之前，我就抱著「要在頒獎典禮上唱歌！」

的決心去跑，這也成了比賽的動力之一，而這股動力最後也反映在成績上。

這段清唱國歌的表演，事後我自己看影片，覺得好像有點走音，但是全場依舊對我報以鼓掌和喝采。而且重點是，我自己覺得唱得非常開心。（各位跑者如果對這段影片有興趣的話，可以上 YOUTUBE 觀看，網址在這裡：http://www.youtube.com/watch?v=DnLgM4wBQbU）

我在台灣的頒獎典禮上還不曾像這樣表演過，不過如果有機會的話……

9月5日（三）
今日總練跑距離：16km
早上：通勤跑 5km
傍晚：回家跑 11km
圖解心情：♫♫♫♪

6 舒服地跑

快要下班的時候，下起了一陣傾盆大雨，簡直就是午後雷陣雨那樣的態勢。我決定暫停回程的練跑。有位同事平常開車上下班，路線剛好會經過我們家門口，我就搭他的便車，坐上副駕駛座，平安抵家。

我也曾經在雨勢不大的情況下撐著傘跑，但基本上還是盡量不要冒雨跑步。因為這樣可能會感冒、影響身體狀況。

為了彌補回程沒有練跑的距離，到家後我開車前往三公里外的市民體育館，在裡頭繞著室內的慢跑跑道跑。

跑道一圈只有短短的兩百二十公尺，但可以免費使用，下雨天時我常來這裡跑。

體育館裡還有專門為小朋友們開設的體操課程，我一面練跑，一面偷偷用眼角瞄著這些小朋友的練習狀況，看見他們每個人那種全神投注、認真練習的表情，感覺真的很棒。

今天花了一個半小時左右，跑了七十三圈（約十六公里），流了很舒服的汗。

畢竟我的原則是：在良好的身體狀況下舒服輕鬆地跑。所以我會顧慮到跑步的環境，盡可能不要讓跑步跟忍耐畫上等號。

9月6日（四）
今日總練跑距離：21km
早上：通勤跑 5km
晚上：繞體育館慢跑跑道
16km

7 別再盯著手錶跑步了

昨天的雨完全停了下來，今天又是悶熱的一天。時序進入九月。在日本，此時日照時數已經減少，天暗得比較快，晚上六點左右展開十公里的練跑，天色已經微暗了。等到七點跑完回到家，就完全暗了下來。

雖然在每天的練習日誌上，我把「傍晚的回程通勤跑」跟「晚上的練跑」這兩件事情分開來記錄，但事實上，這兩個練跑的時間間隔只有十分鐘左右。以今天的情況拿來當例子解釋的話，寫成「傍晚～晚上：練跑二十一公里」或許會比較易懂。

我每天到家後放下背包，補充水分、塞個甜麵包後，馬上就開始進行晚上的練跑，這已經變成是例行公事了。從回到家到再出發的這個短暫間隔，對我來說有點像是「比賽中在休息站進行較長的休息」。

另外，大概會有跑者說，我雖然有紀錄下跑步距離，卻沒有寫下跑步時間，因此無從得知我是如何配速的。實際上我跑步時並沒有盯著手錶看，不太清楚確切的速度，不過大概來說是一公里五分三十秒左右。

我每天最關心的就是「跑起來舒服的配速」，因此每天速度會不一樣，這也是理所當然的。舉例來說，「昨天用一公里五分三十秒的速度來跑感覺很舒服，但今天因為工作有點累，一公里六分鐘左右會比較剛好」，或是「今天天氣涼爽，很適合跑步，那就用一公里五分鐘的速度來跑」，像這樣依據不同的情況來調整跑步的速度，我覺得會比較好。如果太過在意一公里跑了幾分鐘，因而一直盯著手錶看的話，一不小心太過勉強自己可能會造成受傷，所以我平常就只是「純粹地跑步而已」。

不過隨著賽事逼近，為了調整狀況我會進行好幾次的配速跑，但每天的練跑則是把它當做一種讓自己放鬆的手段。以健康為目的，是可以讓自己長久跑下去的訣竅。

截至今年，我已經跑了二十年了。

9月7日（五）
今日總練跑距離：26km
早上：通勤跑 5km
傍晚：回家跑 11km
晚上：自家周邊 10km
輕鬆指數：☺☺☺☺

8 跑步、泡湯、啤酒

今天偕同幾位住在同一個市內的跑友，一起參加「馬拉松遠足會」（Maranic）。這個詞是從兩個英文字所合鑄的：marathon + picnic。

早上六點三十分從家中出發。因為時間相當充裕，所以我稍微繞了一下遠路，跑了十公里，在七點二十五分抵達集合地點。

跑友嵐田浩準時出現，我們沿著河邊的腳踏車道，以一公里六分三十秒的舒服配速，緩緩地一邊聊天、一面朝著二十九公里外的目的地前進。

途中在距離目的地十三公里處，另一位跑友天野守前來跟我們會合。一路上聊著、跑著。氣氛和樂融融。

我們三人以前曾一起上過同一間健身房，有很多共同的話題。不一會兒時間，腳底下就溜過了數不清的距離了。

之前天氣預報說今天天氣不太好，但途中只有短暫下了一陣子的雨，大致上是晴天，最後還變成超過攝氏三十度的大熱天，不過還算是流了很舒服暢快的一身汗。

我們今日的目的地，是位於橫濱市鶴見區的澡堂。一行人在上午十一點三十分，歡呼著抵達了終點。

澡堂很有良心地收費只要四百五十日圓，加上又是露天的，泡起來心情非常清爽愉悅。泡完澡吃點輕食後，我們就搭上計程車往今天最主要的重點：「麒麟啤酒」的橫濱工廠前進。

我們在工廠參觀了約莫四十分鐘，從啤酒的製造過程到歷史都聽過一遍後，試喝了期待已久、剛製成的啤酒。

我之前參觀過好幾次啤酒工廠，但還是覺得跑完步、揮汗之後喝的啤酒，滋味特別美！我本來就喜歡喝啤酒，在完賽後，喝下第一口啤酒的瞬間，就會由衷地覺得：「身為跑者，真是太幸福了啊！」

我現在非常期待，到時跑完東吳超馬後，在台灣喝的啤酒。

9月8日（六）
今日總練跑距離：39km
早上：從家中跑到馬拉松遠足（maranic）的集合地點 10km
傍晚：集合地點～澡堂 29km
天氣：晴轉陣雨
圖解心情：♨♨♨

9 我的女兒，祝福妳！

今早四點半起床，吃完早餐準備一下，五點半從家中出發。

我想要趁天氣還涼的時候多跑一些距離，但今天一大早就很悶熱，六點抵達六公里外的公園時，已經流了不少汗。

今天的練跑，基本上就跟九月一日的內容和距離差不多，我選擇了樹蔭較多、一圈是一七七六公尺的土面跑道來繞著公園跑，總共跑了十六圈（約二十八公里），累積了和上星期同樣的距離。

上次一圈二．六公里的直線柏油跑道很長，很好跑，加上那天的天氣和身體狀況感覺都很好。而今天則因為炎熱的關係，速度一直快不起來，花了比較多的時間。

九點十五分回到家後，剛好寶貝女兒吃完了早餐。在我沖澡、打理儀容時，妻子就一面準備，過了十點我們全家一起去逛購物中心。

其實我們沒有什麼特別急著買的東西，所以我們一家子就在購物中心裡頭閒逛著，陪女兒在購物中心內附設的兒童遊樂設施一起玩。

我在假日清晨進行練習的理由，一方面除了是要避開炎熱之外，另一方面是說早點跑完，就有一整天可以使用，確保和家人相處的時間。

許多跑者和我一樣，也是上班的人。對我來講，假日很難得，而且如果只因為自己的跑步興趣，就讓難得的假日這樣過去了，會讓我對女兒感到很愧疚。

女兒最近變得比較會跑步了，似乎也很喜歡跟我一起玩賽跑。我們夫妻倆之所以會將她的名字取做「伶央奈（Reona）」，靈感是來自於斯巴達松超馬賽的舉辦地地名、同時也是斯巴達勇者國王的名字利奧尼達司（Leonidas）。每年斯巴達松賽事的終點，就是這位國王的雕像腳底下。

我盼望她，也祝福她快快長大，未來能夠像現在一樣，快樂又健康。

9月9日（日）
今日的練習：
早上：家中～公園繞跑～家中 40km
今日總練跑距離：40km
心情圖解：☺☺☺!!

10 太冷，或太熱

本屆的二十四小時世界錦標賽，在上個星期週末，也就是九月八號、九號兩天，在波蘭南方的大城卡托維治舉行。

男子組冠軍由美國的摩爾頓（Mike Morton）奪下，跑出了二七七・五四三公里的佳績；女子組冠軍是捷克的蜜哈拉（Michaela Dimitriadu），跑出二四四・二三二公里。男女都各創下了相當優異的記錄。

日本隊則是跑出了男子組第六名、女子組第三名的成績，不過整體來說似乎結果不能算是太滿意。

根據賽前的情報，每位選手都進行了很紮實的練習，所以賽事結果本是很令人期待的。我在想，或許是因為對於當地條件的不適應，造成了身體狀況有點困難吧。

或許因為卡托維治緯度較高，城市本身又位在濱河的高地，跟日本比起來氣溫低很多。這次的比賽聽說最低溫來到攝氏八度左右。選手們離開日本的時候，日本的溫度是連日超過攝氏三十度，到了這麼冷的地方開跑，想必在順應氣溫差距方面，應該不太容易。要調整身體狀況適應當地，也要花點時間。

真的是辛苦了所有選手。

我也有好幾次在低溫中出賽的經驗，印象最深刻的是二〇〇五年的東吳國際超級馬拉松。

當時是在三月初舉辦，碰上強烈寒流襲擊台北，開跑時氣溫是攝氏七度。到了晚上氣溫更是大幅下降，冷到連隔天的頭條新聞都是「台北市創下史上最低氣溫」。

那場賽事中我身穿長袖、緊身長褲，手上從頭到尾都戴著手套，不過因為當時日本天氣也是很冷，因此多少還算應付得過去。

今年的東吳國際超級馬拉松賽辦在十二月，屆時日本應該已經是很冷了，就溫差面來看，希望到時台灣和日本的溫差不要太大。現在就是一心祈禱到時台北市不要出現不符合時節的大熱天。

9月10日（一）
今日總練跑距離：26km
早上：通勤跑 5km
傍晚：回家跑 11km
晚上：自家周邊 10km

11 理想的跑步姿勢

身體累積太多疲勞、速度衝太快的話，跑步姿勢無可避免地會歪掉。

我的情況是，往往在長時間的賽事後段，頭部跟上半身會有往右傾的傾向，一旦察覺到身體的姿勢歪掉，我都會有意識地把上半身回復到原本的位置，一邊保持身體的平衡一邊跑。

此外，我平常練習時都會有意識的控制速度，不要讓速度太快，以致於身體姿勢會歪掉。

想建立理想的跑步姿勢，我覺得有一個好方法，就是試著模仿頂尖選手的姿勢。

我個人的跑步範本，乃是參考一九七〇年代後半到一九八〇年代前半，風靡日本馬拉松界的跑者瀨古利彥（如果想要看他跑步的神態，讀者們可以到 Youtube 上面去搜尋一下他的名字）。瀨古利彥跑步時，腰部的重心很穩定，採用小步伐的跑法，身體上下晃動很少，完全沒有使勁出力的感覺或是速度感，這可說是相當適用於超長距離超馬的理想姿勢。

我總是在腦中一面想像著瀨古利彥的這個姿勢，一面自己往前跑著。

想要檢查自己的跑步姿勢，可以在前方有鏡子的室內跑步機上面觀看。不過平常跑步時不可能是這個樣子，所以我覺得運用自己的想像力來控制姿勢是滿重要的。

若你是長跑跑者，最好還是在腦海中想像其他馬拉松跑者的姿勢，當成自己的參考範本，而非以短跑衝刺的跑者為範本。舉例來說，請試著模仿一百公尺的世界紀錄保持人尤塞恩・柏特（Usain Bolt）的姿勢，然後用一公里六分鐘的速度慢慢跑看看。

各位有沒有發現，這種腰部位置劇烈上下擺動的短跑衝刺法，用緩慢動作來跑的話，就連要前進一百公尺都很困難？

大家還是要考量到各自的比賽項目，再以此為依據追求理想姿勢吧！

9月11日（二）
今日總練跑距離：26km
早上：通勤跑 5km
傍晚：回家跑 11km
晚上：自家周邊 10km

12 除了跑步，還有各種運動

晚上在離家三公里遠的體育館，參加了每週上課一次的有氧舞蹈課。這個課是開給初學者的一小時課程，只會帶一些基本的動作，我配合著音樂跟著跳，結結實實流了不少汗。

我開始跳有氧舞蹈，前前後後差不多也有十年，目的是為了刺激平常只跑馬拉松而不太會用到的肌肉。對我而言，比起跑馬拉松，認真跳一個小時有氧課之後，帶來的肌肉痠痛更為明顯。

以前有一陣子我很熱衷於跳有氧舞蹈，每天都去上課，但是因為我天生筋骨就很硬，加上節奏感不好，無法跟上複雜的動作，結果還把膝蓋弄受傷。從那之後我就只把有氧舞蹈當做是跑步的輔助運動，用休閒娛樂的心態來面對。

做為跑者，身體能健康地持續跑下去是最好

9月12日（三）
今日總練跑距離：22km
早上：通勤跑 5km
傍晚：回家跑 11km
晚上：跑到離家最近的體育館來回 6km

的。但在進行像是超馬這種必須長時間持續跑步的比賽時，如果能善用身體各個部位的肌肉，比較能減少傷害產生。所以在平常的練跑外，加入跑步以外的運動其實是出乎意料地相當重要。

13 我滿享受體重變化的過程

我這個月的目標，是累積練跑距離到八百公里。到今天為止已經達到了一半，目前的數字是四百零二公里。

這個月的練跑期間都很順利，身體狀況也感覺相當良好，但目前距離東吳國際超級馬拉松的正式比賽，還有將近三個月的時間。我不想在現階段就邁入練跑的高峰階段，想說再過一段時間，還要稍微調整一下距離。

這個月初我的體重是六十九公斤，練跑這兩個星期下來，已經瘦下一公斤。

我想在三個月後，在不減少食量的情況下，把體重降到理想的六十六公斤。也就是說，希望單憑練跑就達到這個體重目標。

回想起我二十五歲那年開始跑步，就是為了減肥。當時我的體重是七十六公斤，以一八三公分的身高來看其實是還可以接受的數字，唯獨就是肚子突出來，讓我頗為震驚，於是決定開始跑步。

剛開始跑不過三到四個月，體重就降到七十公斤以下，肚子也消了下去，雖說達到了當初的目標，但後來喜歡上跑步這件事，就一直持續到了現在。

每次大比賽結束後，我進入完全休養期，這時會一口氣胖三公斤，然後在下一次比賽前我會再度讓自己瘦下來，把身體練結實。我自己還滿享受這樣的過程，總是用愉快的心情面對練跑。

今後若是停止跑步的話，我的身體會不斷地一直發胖吧。就這個層面來看，我大概一輩子都必須持續地跑下去吧。

9月13日（四）
今日總練跑距離：26km
早上：通勤跑 5km
傍晚：回家跑 11km
晚上：自家周邊 10km

14 什麼才是定論

我剛開始跑步的時候，一位前輩跑者曾跟我提過「馬拉松十年論」這種說法。也就是說，「跑者在開始跑步後，十年內的紀錄會不斷成長，接著在邁向巔峰後，就會往下滑」。

我有種恍然大悟的感覺。我的馬拉松紀錄和一百公里馬拉松的最佳紀錄，都是在跑者生涯的第十年創下：馬拉松紀錄是二小時三十五分三十六秒（二〇〇三年二月）、一百公里馬拉松紀錄是七小時二十五分零七秒（二〇〇二年六月），之後怎麼也無法刷新這些紀錄了。

可是在賽事距離超過一百公里的超馬界，彷彿像是要推翻這個「馬拉松十年論」一樣，只要查看我歷年的紀錄就可以知道，從第十年開始，我屢屢更新我的超馬賽事最佳紀錄。

首先，二十四小時賽的最佳紀錄，是在我跑者生涯第十五年的二〇〇七年十一月創下的二七四・八八四公里；四十八小時賽是在跑者生涯第十七年的二〇一〇年十一月創下的四〇七・九六六公里。

然後，在我跑者生涯第十八年的二〇一〇年十二月東吳國際超馬賽事上，我打破了途中通過紀錄，包括十二小時（一四四・二五一公里）、一五〇公里（十二小時二十四分三十五秒）、一百英里（十三小時二十分零八秒）、兩百公里（十六小時四十四分二十九秒），每一項成績都是打破亞洲紀錄的絕佳表現。

另外，在跑者生涯第二十年的二〇一二年，我花了十三天進行環台跑步旅行，跑完了一千一百公里。自己似乎在跑步旅行這樣的形式上，看到了今後新的可能性，對於自己本身也充滿了愈來愈多的期待。

今後，超馬依舊還是會帶給我許多的夢想吧。

為了達成夢想的瞬間，我希望自己能夠健康地永遠跑下去。

9月14日（五）
今日總練跑距離：18km
早上：通勤跑 5km
傍晚：回家跑 13km

15 跑步的音樂

早上睡過頭一個小時，六點四十分才從家中出發練跑。

外頭已經相當炎熱，我考慮到時間，今天改變路線，去跑假日常跑的二十四公里路線。

那條路線是一條交通流量出乎意料還滿大的鄉間道路，有起伏的上下坡路，對雙腳的負荷也比較大，是一條能帶來正向刺激的路線。

假日我一個人跑步時的必需品是「iPod」。

音樂總能讓我的情緒煥然一新。

我的 iPod 裡頭放的只有日本流行樂的天王樂團「南方之星」的歌，聽著最喜歡的曲子時，我常會忍不住跟著一起哼，對我來說是轉換情緒的最棒方式。

在二〇〇二年東吳國際超級馬拉松，以二八四公里的壓倒性實力獲得冠軍的超馬之神、希臘的殺手級跑者科羅斯，也會在比賽中戴著耳機，邊聽音樂一邊以一種超脫的姿態跑著，那身影讓人印象非常深刻。

那個年代還沒有 iPod，他使用的是像錄音機大小的機器，就提升集中力這點來說，看起來效果似乎頗值得期待，讓我當時受益良多。

之後我也曾在比賽中戴上耳機跑步，但卻因為音樂聽起來太舒服變得很想睡覺，反而打亂了自己的跑步節奏，所以現在決定在比賽中都不聽音樂。

今後我想試著改變選曲，找找看讓人不會想睡覺的音樂。

9月15日（六）
早上：自家周邊24km
今日總練跑距離：24km

16 我只想著，就算比別人多跑一公分也好

今天四點半整醒過來，五點半從家裡出發練跑。又是一早氣溫就頗高的日子。我跟九月九日的練習一樣，選擇了繞著公園、一圈一七七六公尺、樹蔭比較多的路線跑。

現在都已經是九月中旬了，這樣炎熱的天氣究竟要持續到什麼時候啊……

晚上到東京市區內的一間餐廳，跟上星期在波蘭參加二十四小時世界錦標賽的日本隊跑友們一起聚餐。

餐會上除了聽到日本隊以及其他國家選手的跑步狀況外，也得知今年比賽的氛圍跟比賽路線的特徵，是相當有意義的一場聚會。

我參加過六次世界錦標賽，每次參賽印象都相當深刻，在我心中留下很美好的回憶。

其中，我奪冠意識最強的一場比賽，是二〇〇六年二月在台北舉辦的錦標賽。那年是首度在亞洲舉辦的世界錦標賽，自己也想讓歐美國家的跑者們見識一下亞洲跑者的實力，我就是懷抱著這樣的動力，站上了起跑線。

當時我一直想著的是「對手要是跑了二五〇公里的話，我就要跑二五〇・一公里」。

在二十四小時賽結束的槍聲響起之前，我只想著，就算比其他人多跑一公分也好，完全沒有意識到要打破紀錄這件事。

沒想到結束後自己跑出了二七二・九三六公里的驚人成績，不僅是自己的個人最佳紀錄，同時還刷新了亞洲紀錄，而且和第二名之間有二十四公里的懸殊差距。

如果比賽時一味在意紀錄，很容易無視身體狀況、氣候條件和賽事發展，讓自己的速度過快；但我當時因為一心只想著排名，所以能冷靜地觀察身旁選手的動向，用適當的配速來跑，最後才能獲得這樣的結果。

我在這場比賽中學習到的心得是：「紀錄不是可以追求的東西，而是在你努力後自然而然產生的」。

9月16日（日）
早上：家中～繞公園跑～家中40km
今日總練跑距離：40km
天氣：晴，高溫

17 閱讀

今天是日本的國定假日「敬老日」，大部分的公司都休息，但我們公司一樣要上班，所以我一如往常用跑步通勤來累積練跑距離。

傍晚回家後正想再出門多跑一些時，突然下起大雨，而且雨看起來暫時不會停的樣子，所以我決定中止今天回家後的練跑。

秋意會像這樣，每下一次雨就漸漸變濃吧。

有句話說晴耕雨讀，下雨天沒辦法跑步時，我還滿常讀書的。

最近迷上的是村上春樹的《1Q84》。

這本書在台灣也是暢銷書，我想讀過的讀者應該也不少。我在一個夏日，於一家二手書店買了這本書，好不容易終於讀完 Book2，現在正要開始讀 Book3。

提到村上春樹的書，我馬上會想到的是有別於小說，名為《關於跑步我想說的其實是……》這本散文集。

我以前完全沒讀過村上春樹的書，但因為知道他也是跑者，覺得很有興趣，所以在書店買下了這本書。

實際上讀完了這本書後，我對於他的練習方式相當有共鳴，也知道跑步對於他的寫作有很大的影響，變得非常想支持他。

《1Q84》雖是跟跑步完全沒有關係的書，但就這樣逐字讀下去，就覺得心情輕鬆了下來。

中國唐代有句話說「讀書之秋」。我想要像村上春樹先生一樣，利用秋天在跑步之餘，多投注一點時間在讀書上。

9月17日（一）
今日總練跑距離：16km
早上：通勤跑 5km
傍晚：回家跑 11km

18 小睡一下，這是很值得的

以前有次我接受報紙採訪時，記者問我：「請關家先生告訴我們一個您的健康法則好嗎？」我當下有點煩惱，不曉得該怎麼回答，想了一下只好答道：「多吃、多睡、多跑。」

沒想到記者立刻回我一句：「這樣講，對於大眾來說似乎不是很容易理解，有沒有再更具體一點的方法？」又是一陣煩惱後，我說：「我每天一定都會睡午覺。」記者似乎覺得我答對了，於是說：「那就採用這個回答吧。」

報導刊出時，還被做成「關家先生的健康法則」特集，其中就寫到了午睡的效果。

我自己每天在公司吃完午餐後，一定會小睡二十分鐘，這與其說是工作二十年來毫不間斷的健康法則，倒不如說是理所當然的習慣。現在我再度重新審視這個習慣，真正感受到了它帶來的好處，拜這個短短的午睡時間之賜，我在下午才能頭腦清楚地工作。

我想應該也有人會在午休時間穿上跑鞋出去跑步。畢竟，時間的運用方式還是因人而異，我覺得如果跑者利用午休出去跑跑，也是滿好的。

我在跑二十四小時馬拉松賽時，曾碰過想睡得不得了的情形，此時我都會選擇不要硬撐，去小睡五分鐘。在休息區躺下來後，眼睛閉起來雖然還是會一直聽到周圍傳來的聲音，但五分鐘後起來再度起跑，沒想到睡意全消，整個人很有精神，找回跑步的節奏。

就算只有幾分鐘，有品質的睡眠對於大腦跟身體似乎都能帶來好的影響。

假如揉著眼睛硬撐著試圖趕走睡意，不管是工作或是跑步的效率都不會提升。就算是幾分鐘也好，躺下來讓身體休息，我想應該很值得一試。

9月18日（二）
今日總練跑距離：26km
早上：通勤跑 5km
傍晚：回家跑 11km
晚上：自家周邊 10km

19 數字的迷思

昨天深夜下起雨，一直下到早上。天氣預報說上午的天氣不好，所以我暫停今早的通勤跑步，搭上了開車通勤、剛好會經過自家門口的同事便車。

下午天氣放晴，下班後依照預定的計畫跑回家，之後為了上有氧課前往體育館。我比平常早到了一些，所以繞著慢跑跑道跑，把早上沒有跑的份給補回來。

在開闊的體育館裡頭，共有九十人一起上有氧課，其中男性包含我只有兩個人，剩下的大部分都是四十歲以上的主婦，滿多人似乎都是一星期運動一次，靠的就是這一個小時的課程。

可能是因為這個緣故吧，每一位來上課的人都顯得活力十足，課堂上的氣氛總是相當開朗。

流汗這件事，不管是對於身體或是正向的心情，真的能帶來正面的效果。有氧舞蹈不管你累積了多少資歷、跳得多好，你的程度都無法用數字來表現，但是跑步能夠透過碼錶的紀錄，客觀地用數字表現出來。

如果善用這個數字，讓它成為提高動力的來源雖然是件好事，但是太過於一心追求數字，很容易眼高手低，最糟的情況可能還會導致受傷，這點需要多加注意。

「今天明明很努力跑了，結果看了時間好失望……」這樣的事情在有氧舞蹈上不會發生。但是如果像我以前一樣，曾經在有氧舞蹈的進階課程上勉強自己活動身體，結果導致膝蓋受傷，就這種「忘我」的層面來看，跟我上面提到的狀況也是一樣的吧。

不要忘記，每天的練習都是「為了達成各自目標（健康、比賽、提升紀錄等等）的手段」，希望大家持續運動的同時還是要量力而為。

今日總練跑距離：22km
今日的練習：
傍晚：回家跑 11km
晚上：往來離家最近的體育館 6km+繞體育館的慢跑跑道 5km
天氣：陰雨轉晴

20 連感冒糖漿都覺得好喝，因為我的口頭禪就是「好吃」

終於要有入秋的感覺了呢！白天的炎熱依舊，不過早晚逐漸可以感受到涼意。

說到秋天，常聽到的是「味覺之秋」或「食慾之秋」，秋天是個有許多美食的季節。我本來就不太挑食，不管吃什麼都能吃得津津有味，對我來說大概一整年都是「食慾的四季」吧。

我的口頭禪是「好吃」，不管吃什麼都只會說「好吃」，有時候妻子會不滿地告訴我：「什麼都好吃，這樣我做起菜來一點成就感都沒有。」

有次我老婆告訴我：「你要多要求我煮特定的菜，這樣我的廚藝才會進步。」我回答她，「像我這樣什麼都吃，至少比抱怨妳特地煮的菜難吃，而且還吃剩來得好吧？」聽了我的這一番話，她才不大情願地接受。

還記得以前感冒時，我喝了感冒糖漿後，馬上不作他想，脫口而出：「啊！好喝！」說完之後，連我自己也嚇了一跳。

我特別喜歡甜食，對於巧克力、蛋糕類幾乎是來者不拒，唯獨對於吃辣就不是那麼擅長。

二〇一二年的春季，我花了十三天進行環台感恩跑步，途中吃遍了各地的美食，可是在台灣最南端墾丁的一家餐廳吃到的台灣料理，卻是辣得不得了，讓我吃不下去。

同席的台灣人每個人都吃得津津有味，我只能舉白旗投降，吃不了的東西終究還是沒辦法克服。我希望今年能有個充實的秋天，能夠毫無顧忌地大口吃喜歡的東西，然後透過跑步來消耗。

9月20日（四）
今日總練跑距離：26km
早上：通勤跑 5km
傍晚：回家跑 11km
晚上：自家周邊 10km
心情圖解：☺☺☺☺

21 不管怎麼說，今天就為巨人隊乾杯！

在日本職棒的中央聯盟賽中，巨人隊睽違三年再度拿下冠軍！

身為巨人隊超級粉絲的我，開了特地為這一天買下的紅酒，舉杯慶祝。我從小學生時期看得懂棒球賽開始就是他們的粉絲，當時屢屢創下全壘打世界紀錄的王貞治選手是我最崇拜的英雄。

在那之後我進入少年棒球隊，每天都練習到日落，過著追著棒球跑的生活。

我在小學時的夢想，簡而言之就是「成為巨人隊的選手」。

這個夢想雖然在我高中棒球社中途退社後，就潰不成形了，但身為巨人隊粉絲這一點卻是完全沒變。我在出了社會之後也會去看棒球賽，繼續幫他們加油。

在我開始跑馬拉松的第四年，加入了慢跑俱樂部「巨人軍團」。這個俱樂部正如其名，每個人都是巨人隊的粉絲，是個有點不太一樣的團體：每次看棒球賽只要巨人隊贏了，大家就會舉杯慶祝；輸了的話，也會為他們感到惋惜，舉辦一個「惋惜會」大家一起喝酒。總之就是一個根本不管跑步成績如何，一整年都在喝酒的俱樂部就是了。

我在二〇〇一年首度出賽東吳超馬時，身上穿著寫有「巨人軍團」的制服，在場的學生、工作人員還有記者們，好像都以為「巨人軍團」等於「體型巨大的軍團」，那幾個字怪得很顯眼，讓人有點不好意思呢。

後來每逢前往國外比賽時，我一定會把日本國旗別在身上。我想，可能是從那時候開始，我才意識到自己是一個「喜歡巨人隊和超馬，而且又好杯中物的小哥」。

在比賽中雖然身負著國旗，但是我到現在也還是沒有忘記在巨人軍團培養出來、做為粉絲而跑的精神，或許也是因為如此，我才能像現在這樣有充沛的體力能夠持續跑下去。

不管怎麼說，今天就為巨人隊乾杯！

9月21日（五）
今日總練跑距離：26km
早上：通勤跑5km
傍晚：回家跑11km
晚上：自家周邊10km
自我感覺：我是個喜歡巨人隊和超馬，而且又好杯中物的小哥

22 明天，就算我依舊是一個人跑步，也無所謂

早上六點三十分從家中出發練跑，今天從頭到尾都是陰天，氣溫也沒有上升，很舒服地跑到了最後。

一直到昨天為止都是連日超過攝氏三十度的天氣，今天的最高氣溫只有攝氏二十五度，感覺很涼快。

到了今天才終於來到跟往年差不多的溫度，今年秋老虎的威力算是很厲害呢。

如同這幾週以來的練習，今天我也依舊獨自一人默默地累積距離。

二〇〇六年一月，我的月間練跑累積距離首度來到一千公里，當時一位朋友問我：「在這一千公里中，你和別人一起跑的距離有多少？」我當時真的不知該怎麼回答他。

的確，我大部分時間都是一個人跑。以這個月為例，百分之九十以上的時間也都是自己一個人跑。我看了看本月練跑狀況，直到昨天總共累積了六百公里，跟別人一起跑的時間只有一天，不到三十公里。

單獨跑步的最大的理由是住家附近沒有跑友。不過另一方面我也覺得，確保自己一個人的時間是很重要的。

和別人一起跑的話當然能獲得許多刺激，是相當愉快的一件事，但是我有家庭、有工作，平常很難得能有一個人的時間。對我來說，一個人聽著iPod，一邊想著現在、過去、未來的事一邊跑步，是非常重要的時間。

此外，一邊跑一邊「和自己的身體對話」，也能夠確切掌握現在自己的身體狀況，我也希望透過一個人跑步，讓身體和腳掌握到自己的步調。

等到女兒長大、學會開始玩各種運動後，我和妻子應該會陪她一起在公園到處跑吧。

不過這會是好幾年後的事，目前姑且先懷抱著對那天來臨的期待，明天也一個人去跑步！

9月22日（六）
早上：自家～繞公園跑～
自家33km
今日總練跑距離：33km
天氣：陰
情緒平穩指數：↑↑↑

23 外面下著大雨，我在跑步機上跑步

早上開始下起大雨，持續下了一整天，所以得暫停戶外練跑。不僅如此，每次我下雨時練跑的體育館慢跑跑道，今天也因為有人在那兒辦活動，變得無法使用。

於是我到離家四公里外的另一間體育館，用重訓室裡頭的跑步機來跑步。重訓室裡頭有五台跑步機，每一台的使用時限是三十分鐘，時間到了機器就會自動停下來。

今天因為天氣不好，使用的跑者很多，雖然要等，不過最後總算也跑了兩個半小時（每次三十分鐘，總共五次），一趟大概是跑了六公里，所以累計有三十公里。

外頭雖然下著大雨，卻讓人有種賺到了的感覺。

直到好幾年前，我都固定去一間會員制的健身房，每當碰到下雨時，就去那裡使用跑步機。

那家健身房有十多台跑步機，沒有時間限制，我幾乎每次都是毫無壓力地跑

個暢快。

我的最高紀錄曾經連續跑了差不多四個小時，共四十七公里；也曾經很胡來地把時速設定在十五公里的超高速度，連續跑了兩個小時，藉此練習三十公里的配速跑（**pace running**）。

機器只要在我使用過後，就會變得過熱，健身房的朋友們常調侃我。

我聽說過一項沒有獲得認證的紀錄，就是曾有跑者在跑步機上連續跑了二十四小時，成績是二五〇公里。

不過我個人現在是沒有挑戰這個紀錄的打算就是了……

9月23日（日）
早上：體育館@跑步機
30km
今日總練跑距離：30km
天氣：雨

24 為了出賽的跑者們，我衷心祈禱著

在希臘舉辦的斯巴達松超馬賽，終於要在本週六登場了。我過去也曾經參加過六次，每年只要到了這個時期，就會回想起許多事情，也會很在意網路上的相關資訊或是選手們的動向。

我認識的人中有不少人參加今年的賽事，他們出國的時間大概都集中在今、明兩天吧。日本沒有直飛希臘的班機，參賽的選手們要花不少的時間搭機，希望他們多加注意自己的身體狀況。

我前往希臘最久的一次時間，就是二〇〇一年的那次：為了轉機，竟然在泰國曼谷國際機場足足等了九個小時。我還記得我就坐在機場的沙發上讀書、打瞌睡，或是在機場裡頭到處走來走去打發時間。

和我從日本一同前往的參賽者中，也有人試著離開機場，進入市區去觀光，但因為天氣太熱，加上曼谷有名的交通阻塞，等他們回到機場時，每個人都好累的樣子。

參加國外的比賽時，疲勞、時差、溫差等因素會對身體造成各種負面影響，

再加上交通移動，任何小問題都有可能變成大問題。因此我盡可能將行程排得比較寬鬆，也希望有時間在正式開賽前能先讓身體習慣當地的情況。不過關於這一點，有時也是無可奈何，因為一般的普通跑者每個人都是在有工作的情況下來參加比賽的。

到目前為止，我排得最趕的一次行程，是二〇〇一年的東吳國際超級馬拉松賽。

當時我在星期五的下午離開東京，於傍晚時分抵達台北。睡了一晚後，從隔天星期六的早上十點開始跑二十四小時賽，比賽結束後在星期天的傍晚離開台北返回日本，在台北停留的時間只有驚人的四十九小時，而其中的一半時間都在跑二十四小時賽。連我自己都覺得很誇張。

不過從東京飛到台灣只要三、四個小時左右，交通帶來的疲勞跟往返希臘比起來根本不算什麼。說到這，我就想到二〇一二年三月在台灣環島跑步時，有一位年輕人來跟我打招呼，他即將要首度參加斯巴達松賽事。不曉得他是否已經順利抵達了希臘？

衷心祈禱他能有傑出的表現。

9月24日（一）
今日總練跑距離：26km
早上：通勤跑5km
傍晚：回家跑11km
晚上：自家周邊10km

25 再怎麼冷，只要持續讓身體動作，就能禦寒

今天早上氣溫明顯下降，一時突然有點猶豫，不知等下通勤跑時該怎麼穿。最後考慮到開跑後不久身體就會熱起來，所以就一如往常穿著短袖T恤跟短褲出門跑步。

跑步時，在服裝的選擇上也是有很多必須考量的地方。特別需要注意的是「實際溫度」跟「體感溫度」兩者之間的差異。

舉例來說，比賽剛開跑時大家的穿著都差不多，但到了晚上，進入比賽中段及後段的交接時分，氣溫已經下降，這時經常可以看到這樣的景象：一群為了奪冠的跑者們穿著短袖T恤跟慢跑褲揮汗跑著；另一群則是已經放棄爭冠的跑者，他們開始用走的，或是進入比較長時間的休息狀態，要不然就是穿著好幾件衣服，因為寒冷發著抖，一面啜飲熱湯。

這樣的光景，在比賽時一定看得到。

我到二〇一三年初為止總共參加了十一次東吳國際超級馬拉松，其中只有在二〇〇四年的比賽中棄賽。

當時的情況是，開跑時下著雨，反而比較好跑，在比賽前段我用比往年還要快的配速跑著。

雨到了晚上還是持續下著，我在途中有一次休息了比較久，結果突然感覺到非常冷，於是就被帶到醫務室去，被診斷是低體溫症，最後可以說是在被醫生要求停賽的情況下棄賽。在此同時，在這場賽事中奪冠的大瀧雅之則是在夜間穿著塑膠雨衣持續往前跑，最後創下二七一公里的傲人成績，和我棄賽的狀況相比真有如天壤之別。

結論就是「最佳的防寒對策就是持續動作，就算是走路也好」。那場比賽也讓我知道，為了不要一開始跑太快而讓自己在賽事後半失速，我必須好好分配速度。

有的跑者做法是在體力還算充沛的賽事前半段，在固定的時間內搭配步行前進，總之就是不要讓腳步停下來，以便維持體溫，一面累積距離。

今後我也想按照自己的步調前進，以此確立自己的跑法。

9月25日（二）
今日總練跑距離：16km
早上：通勤跑5km
傍晚：回家跑11km

26 都會馬拉松的魅力

「二〇一三東京馬拉松」於二〇一三年二月二十四日舉辦，賽前將近五個月，一般參賽者的抽籤結果已經發表了。

我自己是沒有報名，但是身旁有很多朋友或認識的人都是抱著「總之先報名再說」的心情參加。不禁有點好奇他們的抽籤結果不曉得如何。

聽說這場參賽人數限制三萬人的比賽，總共有三十萬人報名參加，也就是說，十個人裡頭只有一個人會被抽中，大部分的人都會落選。

我也曾經在二〇〇八年跟二〇〇九年跑過兩次東京馬拉松（協助盲人的陪跑），在大都市正中央的車道上悠悠哉哉地跑著，心情真的很舒暢，沿路還有許多人幫你加油，整個比賽的氣氛彷彿像是慶典一樣。

現在日本馬拉松賽的熱潮，可以說是由這個馬拉松賽帶動的，實際參加過後，真的就能了解它的魅力呢。

也希望幸運抽中的跑者們能夠充分享受這場比賽的樂趣。

除了東京馬拉松賽，日本的各賽事在網路上的報名率也是相當高，經常出現報名秒殺的現象，人數通常是馬上就額滿。

我個人倒是覺得，也沒有必要為了參賽跑步而搶名額搶破頭。

我剛開始接觸跑步時，除了全馬和超馬以外，也頻繁參加十公里或是半馬比賽。這幾年則是一年參加約莫三次的超馬賽，其餘時間就好好放鬆休養。

二〇一二年二到三月間，我用跑步方式環台一圈，同年的比賽部分，只參加了七月美國費城的二十四小時馬拉松賽，還有十二月的東吳國際超級馬拉松賽。所以我可以說是相當自豪於自己對每場比賽所投入的心力和集中力。

我也想過，再過幾年想和女兒一起參加類似「親子馬拉松」的比賽，只希望到時女兒不要說：「我討厭跑步，所以不想參加。」

9月26日（三）
今日總練跑距離：22km
早上：通勤跑 5km
傍晚：回家跑 11km
晚上：往返距離住家最近的體育館 6km

27 我個人史上最長的通勤跑

天氣預報說下午會下雨，但一直到了晚上都沒有下雨，所以今晚得以如同往常進行晚上的練跑。

回程的通勤跑我大致上都是跑固定路線，如果時間或體力都還算足夠的話，就會稍微繞遠路拉長距離。

我截止目前為止繞過最長的一次遠路，是在一九九八年七月。

當時我工作的公司位於神奈川縣座間市，星期五下班後我背起背包，目的地是箱根的山頂。

我沿著國道邊跑邊走，慢慢往前推進，在抵達四十五公里處的箱根溫泉區時已經過了午夜十二點，日期也來到了隔天。

我原本想從該處繼續往山頂再跑個十五公里左右，但這時開始下起了小雨，還有好幾台開著違法改造車的飆車族往山頂用極快的速度從我身邊疾駛而過。我覺得這樣太危險，爬了五公里左右的山路後，就停下來邊躲雨邊小睡一陣子。約莫兩個小時過後，雨勢和飆車族都消失了，安靜清爽的早晨復臨，但我也失去了從這裡爬上十公里外山頂的氣力，就這樣下山往回家的路上跑。

從那裡跑回家有六十公里的距離，我因為炎熱的天氣和疲勞，一直無法提高速度，記得回到家花了將近十個小時。

結果從我離開公司到回到家之間，跑步的總距離有一百一十公里！是花費了將近二十個小時、很遠很遠的「回程繞遠路通勤跑」。

每當我提到這件事，旁人總是苦笑著說：「你那樣，哪能叫做回程的通勤跑？」這是自己練跑距離最長的一次，成為一個留在心底難以忘懷的回憶。

我想今後大概不會在練跑時再跑超過一百公里的距離了。

9月27日（四）
今日總練跑距離：26km
早上：通勤跑 5km
傍晚：回家跑 11km
晚上：自家周邊 10km

28 像這種喜悅的眼淚，不管幾次我都很喜歡

因為颱風接近的關係，天氣預報說今天天氣不是很好，但我跑步的時段還算晴朗，所以得以照常練跑。

不曉得是不是因為颱風帶來了潮濕的南風，氣溫上升，白天有一種夏天又回來了的感覺。

我是個很容易掉淚的人，曾經好幾度在賽事的終點大哭。

其中印象最深刻的是一九九八年人生首度參加的斯巴達松賽。

那年的一月我在百公里馬拉松賽上拿下人生首度的冠軍，也在馬拉松賽事上突破自己的最佳紀錄，可以說是勢如破竹，但沒想到參加四月下旬的「櫻花道二七〇公里超馬賽」時，竟在一百八十公里處棄賽。那次我一面哭，一面坐車回到終點。

之後雖然有短暫從腰痛跟情緒低迷的狀態中重振精神，但還是有一個月以上沒有好好練跑，最後多虧身旁的人不斷鼓勵，持續支持，好不容易我從夏天又再度開始練習，為九月底的斯巴達松賽做準備。

出賽當時我也不管排名或是時間，只把目標放在三十六小時的限時內跑完二四六公里抵達終點。比賽中我在兩位跟我很熟、而且有完跑經驗跑友的支持下，在第三十三小時四十七分，抵達了我連作夢都會夢到的終點地——斯巴達市的利奧尼達司國王雕像前。

從最後一個補給站到終點的兩公里路上，這一年來的榮耀和挫折，點滴在我的心頭浮現，一陣熱淚湧了上來，在觸碰到列奧尼達王雕像的腳的那個瞬間，我淚如雨下，怎麼樣也停不下來。

悲傷的眼淚我當然希望盡可能避免，但像這種喜悅的眼淚，不管幾次我都歡迎。

今年的斯巴達松賽在當地時間的早上七點已經開始了。參賽者想必都是懷抱著各自的想法、情緒來面對這場比賽的吧。

9月28日（五）
今日總練跑距離：26km
早上：通勤跑 5km
傍晚：回家跑 11km
晚上：自家周邊 10km

29 是該換雙鞋的時候了

今天，我達到了本月設定的八百公里練跑距離。

這一整個月我幾乎都只穿同一雙鞋跑步，鞋子的底面也被磨得差不多，感覺是該換雙鞋的時候了。

今天下午剛好有時間去買東西，我就到運動用品店物色跑鞋，但找不到便宜又合腳的鞋子，最後無功而返。回家後上網看了不少鞋，看到剛好符合我尺寸的便宜出清鞋款，於是就買了兩雙。

這樣一來就不用煩惱接下來兩個月練跑用的鞋子了。

我的腳長二十九公分，又很寬，買鞋子時常常找不到合腳的款式，每次要買鞋子都要歷經一番折騰。因此我也不拘泥於廠牌，總之每次買鞋時就是找合腳的鞋子就對了。

例如我在二〇一〇年東吳國際超馬賽穿的是New Balance的鞋款，在二〇一一年穿的則是美津濃的鞋。

另外，二〇一二年二、三月我在台灣跑步環島時，第一天到第九天穿的是亞瑟士的鞋。我通常不會固定穿某個廠牌的鞋子，有時換穿了不同廠牌的鞋子，在跑步時會有意想不到的發現，有時也能轉換心情，我認為很值得一試。

大部分穿舊了、不再使用的鞋子我會拍照後才丟棄；在大型賽事中幫助我獲得優異成績的鞋子，因為具有特別的意義，我都把它們放在鞋櫃裡好好收藏著。

今後相信被我留存下來的鞋子，應該會繼續增加。

9月29日（六）
早上：自家周邊24km
今日總練跑距離：24km

30 不跑步的一天，把心情轉換一下吧

今天是九月的最後一天，也是這個月第一次沒有練跑的日子。今天是我徹底休養的日子。

休養的原因，一方面是昨天已經達到了本月的目標數字，剛好現在也是夏秋換季之際，我花了點時間打掃、整理家裡，也為明天開始的練跑做準備。我從這個月初開始為十二月的比賽鍛鍊腳力，碰到的天氣大致上都算不錯，身體狀況也維持得滿好，得以順利累積距離，總而言之是相當好的開始。下個月就要進入更為正式、更密集的練跑，希望自己能做好身體狀況的管理。

今天下午會有颱風通過，為了防範，我到屋外忙著固定東西、收拾等等。果不其然下午天氣如同天氣預報所說，開始下起了雨，傍晚開始風也漸強，今天我強烈感受到什麼是「有備無患」。

我不曾在颱風天跑過步，但是二〇〇七年的東吳國際超級馬拉松賽是在颱風接近的情況下舉辦的，天氣瞬息萬變，有時還會突然吹起強風。在四百公尺的直線跑道部分，一定會有一側是順風，另一側則是逆風，碰到逆風時身體若不維持

在一個前傾的姿勢就很難前進，我們就被迫在這種有點嚴苛的條件下跑步。

儘管如此，我還是保持著高昂的情緒，到了比賽後半段時，將速度的減慢控制在最小程度，就在眼看要打破亞洲紀錄時，天氣奇蹟似地好轉，在黎明前天氣轉晴，讓我得以在最後進行衝刺。

我覺得那年創下二七四・八八四公里這樣的亞洲紀錄，是因為連老天爺都幫我的忙，才能達到的成績。

或許跟地球暖化也有關係，近幾年颱風來得都比往年晚。跑步時不管面對炎熱、寒冷或是下雨，我都能夠想出各種因應的對策，但唯獨碰到強風的狀況我想不太到該怎麼應對，總之現在一心期盼比賽當天不要碰到強烈颱風。

9月30日（日）
今日總練跑距離：0km
本月總練跑距離：803km
養精蓄銳指數：★★★★★

10月

本月目標里程數：900 公里

實際總里程數：1,000 公里

性質：賽前密集訓練

策略：建立對長距離奔跑的習慣感

31 感到痛的時候，就不要勉強

從今天開始，我把晚上練跑的距離稍微拉長了一點。

跑的是和之前的十公里路線完全不同的另一條路線。新的這條路線沒有起伏，很好跑。今後我想要根據自己的狀況來選擇跑十三公里路線或是十公里路線。

今天颱風走了，天氣放晴，氣溫超過攝氏三十度，以這個時期來說算是異常的高溫，宛如盛夏，但我昨天已經把夏天的衣物全都收起來，電風扇也已經放在儲物櫃中，有點後悔收得太早了。

天氣一下熱一下冷的，身體很容易出狀況，到了晚上我感覺喉嚨有點痛，於是想著該如何不要讓它變嚴重。

我從小就沒得過什麼大病，只是一直到升國中以前，每年大概會有兩、三次在季節交替之際感冒。

過了那段期間後感冒的次數變少了，到現在一年差不多會感冒一次。

其中，因為發燒而嚴重到不得不向公司請假的狀況，大概兩年才出現一次。

我出乎意料地對於發燒很沒輒，體溫只要超過了三十八度，就會有一種彷彿世界末日的絕望感，一整天躺在床上動彈不得。

這種時候不要勉強自己，好好養病，或許就會好得比較快。常聽人說，剛開始要感冒時是最關鍵的時刻，這和碰到身體受傷時採取的應對方法也是一樣的。

感到痛的時候，就不要勉強。休息幾天就能痊癒的傷，如果硬忍著繼續活動，要完全復元就需要更多的時間。這樣的經驗我想每個人大概都有過吧。

特別是在跑超馬時，對於疼痛感會變得稍微遲鈍一些，針對這點需要特別留意。總之為了預防萬一，我決定今天吃完感冒藥後早點上床睡覺。

10月1日（一）
今日總練跑距離：29km
早上：通勤跑5km
傍晚：回家跑11km
晚上：自家周邊13km

32 關於買鞋，我說的其實是……

三天前在網路上訂購的兩雙鞋子，今天送到了。練跑完我馬上把盒子打開，把原來的鞋墊換成我平常使用的特殊鞋墊後試穿看看，尺寸沒有太大的問題，我在家裡頭試著稍微走動，基本上感覺還不錯。我從二〇〇四年開始使用特別訂製的鞋墊，在那之後我在穿新鞋時都會把裡頭的鞋墊給丟掉。

如果是在運動用品店買鞋子時，我在結帳時都會跟店員說：「這個不用。」然後把鞋墊取出來還給他們。

我從二〇〇三年末開始，有一陣子比賽一直無法拿下理想的成績，心想著得要有所改變，就請人幫我介紹專門看腳的醫師，結果醫師向我建議把鞋子換掉。

現在說來讓人有點難以置信，當時我穿的是三十二公分鞋子，我也靠著那樣的鞋子拿下全馬的個人最佳紀錄、二十四小時賽的亞洲紀錄，還有斯巴達松冠軍等輝煌的成績，所以我一直覺得那樣的尺寸是沒有問題的。

但是在訂做了鞋墊、挑選了適當的鞋子後才發現，其實我只要穿二十九公分的鞋子就夠了，這讓我相當震驚，像是被人用鐵鎚從頭上敲下去一樣。

根據醫生的說法是，我現有的鞋墊沒有支撐足弓的部分，可能是因此才會變成需要穿到那麼大雙的鞋子。

特別訂製的鞋墊配合足弓有一個弧形，穿起來會比較合腳，因此可以穿尺寸比較小的鞋子（話雖如此，穿到二十九公分以一般標準來看也算是夠大的了）。

為了留做紀念，現在我留了好幾雙當初三十二公分的鞋子，有時我把腳套進去試穿時，連自己都覺得不知該說是欽佩還是驚嘆，穿那麼大的鞋子竟然還能持續創下紀錄。

想要明天來試新鞋，如果跑起來不錯的話，就把兩雙中的其中一雙留到比賽時用。

10月2日（二）
今日總練跑距離：29km
早上：通勤跑5km
傍晚：回家跑11km
晚上：自家周邊13km

33 每週都為身體帶來一次剛剛好的刺激

一早天空雲很多，看起來像是隨時可能下雨的天氣。在上班時間，雨一直沒下，就在要回家時，終於開始飄下了小雨。

沒辦法，只能撐著傘，選擇最短的距離跑回家，接著再開車前往體育館。

今天剛好也是每週一次的有氧舞蹈課時間，在開始上課前我流著汗繞著慢跑跑道，七點開始上有氧課。

有氧課會因為內容與指導老師的不同而有各種風貌，不過大抵最後都會進行深蹲、伏地挺身或腹肌運動等補強運動。我自己平常在練跑時幾乎不會做這樣的補強運動，所以就利用有氧舞蹈課的時間，每週鍛鍊一次。

我在比賽後的休息期間，練跑距離會變少，這時就會搭配一百到兩百下左右的腹肌運動。但像現在進入密集練跑時期，光是跑步本身就能一定程度地鍛鍊到腹肌，所以我不會另外特別針對腹肌進行鍛鍊。

以前有種可以測量身體肌肉的機器叫做INBODY，我曾經測過，發現我的肌肉在上半身和下半身的分布非常不均衡，當然是上半身比較少。幫我測量的運動指導員跟我說，我這是典型的跑者體型。

不過他也建議我：「對跑者來說，假如上半身肌肉太多，身體就會變重，所以你現在這種上下不平衡的情況，不需要太過在意。」

這話說得很對，確實我不曾看過有哪個跑者的身型，是像健美先生那樣呈倒三角形的。

不過像我這樣一週做一次補強運動跟肌肉訓練，應該可以為身體帶來剛剛好的刺激吧。

明天不曉得會不會有程度剛好的肌肉痠痛呢？

10月3日（三）
今日總練跑距離：22km
早上：通勤跑 5km
傍晚：回家跑 5km
晚上：繞體育館慢跑跑道 12km

34 跑者們要同心協力，讓賽事能夠繼續辦下去

日本國內唯一獲得官方認證的二十四小時賽「神宮外苑二十四小時超馬賽」，將在這個月的七號、八號登場。

今年是第七屆，我這次同樣也會擔任義工，在賽道旁支援這個比賽。

日本國內首度舉辦獲得官方認證的二十四小時賽是在二〇〇三年七月。那場比賽叫「日本盃秋留野二十四小時賽」，在東京秋留野市內的四百公尺跑道舉行，當時我也是參賽選手之一。

因為那是首度獲得日本官方認證的比賽，我想讓全世界看到「日本也是有這麼精采的比賽」，就在懷抱著這樣強烈的動力下參加了這場比賽。

當時白天氣溫炎熱，超過攝氏三十度，晚上下起不小的雨，稱不上是很好的天候條件，但我抱著最少也要超過二五〇公里的強烈想法，儘管身體快不行了還是硬撐著跑下去。

最後我寫下二五二・九六九公里的紀錄，奪得冠軍。更令人高興的是，這個成績還被認定是日本國內二十四小時賽的最高紀錄。以結果來說或許不見得給世

人留下了多深刻的印象，但應該有為這場比賽創造出宣傳效果。

這個「日本盃秋留野二十四小時賽」之後在二〇〇四跟二〇〇五年都還有舉辦，但後來在營運方面出現一些問題，二〇〇六年以後就停辦了。

因此，我的好友井上明宏先生就擔任發起人，藉著這個機會開始構思新的官方認證比賽，然後在眾多可能的場地中，選擇了神宮外苑步道這條路線。

為了讓這條步道成為賽事跑道，井上先生獨自一人好幾次向區公所、警察單位等提出許可申請書，費盡唇舌他們進行解釋、說服，花費了好幾個月，終於在二〇〇六年十二月得以舉辦第一屆的比賽。

包含我在內的好幾名跑者都被井上先生的行為所感動，一直到現在都很積極擔任義工，協助比賽順利進行。

井上先生同時也是「日本隊」的教練，每年一定會陪同選手參加世界上幾個重要的超馬賽事和東吳國際超級馬拉松賽，選手們也都相當信賴他。

「神宮外苑二十四小時超馬賽」沒有大的贊助商，幾乎可以說是他自己一手創立的比賽。今後我們也要同心協力，讓比賽得以持續辦下去。

10月4日（四）

今日總練跑距離：29km

早上：通勤跑5km

傍晚：回家跑11km

晚上：自家周邊13km

35 我們是可以分享喜悅的好朋友

今天下班後我選擇最短距離跑回家，沖完澡後，出門搭上公車再轉電車前往新宿。

為的是和今天中午剛抵達日本的東吳大學教授郭豐州夫婦，還有目前人在日本修讀博士學位、跟我有十年交情的跑友葉東哲一起聚餐。

我們主要聊的是即將於二〇一二年十二月一日在台灣出版的我的個人自傳《跑步教我的王者風範：關家良一熱血自傳》，席間也聊到東吳國際超級馬拉松賽事，還有我的感恩環台跑步等讓人懷念的事情。真是一場非常愉快又有意義的聚會。

我和郭老師打從二〇〇一年東吳國際超級馬拉松賽以來就建立了好交情。

當時我在超馬界還是默默無名的選手，也多虧在台灣東吳的這場比賽，讓我的實力提升到世界級的水準。郭老師每年主辦這個比賽，也因為他傑出的人脈以及手腕，每屆比賽都有超強的選手出賽，展開相當高水準的賽事過程。今後我也相當期待看到他有更活躍的表現。

我印象最深的，是二〇〇六年在台北舉辦、亞洲首度的二十四小時世界錦標賽，那場比賽的主辦人也是郭老師。那時在我確定拿下冠軍時，兩個人相擁而泣的場景，到今天我歷歷在目。

賽事主辦人和選手雖然立場互異，但我們對於比賽抱持的都是同樣的想法，是可以互相分享喜悅的好朋友。

葉東哲則是我中文自傳前半段的翻譯，我和他是在二〇〇一年的東吳國際超級馬拉松賽上認識的。當時他是日文系的學生，也是日本隊的義工。

比賽結束後我們持續透過電子郵件往來，後來因為他也開始跑步這個契機，我們的往來更加密切，二〇〇六到二〇〇八年間，他連續三年擔任我的補給員，跟我一同前往參加二十四小時世界錦標賽，讓我得以奪得三連霸。

我相當感謝他，幾乎可以說要是沒有他的優異貢獻，我就無法獲得優勝。

我在二〇〇七年的東吳二十四小時賽寫下亞洲紀錄時，他也和我的妻子一同擔任我的補給員，在那之後我們的往來變得就像家人一樣。

希望我們兩人今後的交流也能夠長長久久持續下去。

10月5日（五）

今日總練跑距離：20km

早上：通勤跑5km

傍晚：回家跑5km

晚上：自家周邊10km

本日溫情指數：☼☼☼☼

36 回家後喝點啤酒，悠哉悠哉放輕鬆吧

明天因為要要去擔任神宮外苑二十四小時賽的義工，沒辦法練跑，所以想說趁著今天稍微多跑一些距離。所以就繼九月二日以來，再度以跑步方式往返江之島。

早上五點四十分，從家中出發。

今天天氣微陰，早上非常涼爽，我用比較快的配速前進。只是有時太陽一露臉，又變得熱了起來，我邊跑邊攝取了不少水分。去程的三十八公里花了三小時五十分鐘左右。

抵達後我稍微花了比較多的時間，休息了二十五分鐘，一邊望著海一邊吃著便利商店的三角飯糰，好好地休息放鬆。

因為上個月練跑了八百公里，鍛鍊出了腳力，回程跑起來狀況相當好。正當我想著「就這樣一路跑回家有點太可惜」的時候，上個月跟我一起參加馬拉松遠足、參觀啤酒工廠的跑友嵐田浩在路上看到了我，出聲把我叫住。

好巧，他說他也是從江之島要跑回家。難得有這樣的機會，我們就一起往他

家的方向跑，順便讓我可以繞一下遠路累積距離。

最後回程的四十五公里我跑了將近五個小時，不過因為跟嵐田兄邊聊天邊跑了十五公里左右，所以覺得時間沒有那麼長。

從家裡到江之島的往返跑，是我練跑時期一定會進行的一項主要練習，我想從二〇〇三年開始大概跑了有四十趟。

就「評估自己現在的身體狀況」這個功能來看，這樣的練跑可說是相當有效果。我經常在跑完後重新審視、評估自己的練習計畫。

今天我跑得很順暢，甚至可以一面跑一面想著「繞一下遠路多累積一點距離吧」，跑完後也沒什麼疲勞感，可以看出目前的身體狀況相當不錯。

而且今天妻子跟女兒回娘家玩，所以我回家後可以喝點啤酒，悠哉悠哉放鬆，沒想到可以這麼奢侈地度過這一天，真的是太棒了。

因為隔天也要早起，所以我在晚上十點以前就上床睡覺了。

10月6日（六）
今日的練習：
家裡～江之島來回83km
今日總練跑距離：83km

37 對主辦者感謝的心情，成為我下次比賽的動力

今天以義工身分，參加了「第七屆神宮外苑二十四小時超馬賽」。

早上跟昨天一樣四點半起床。

搭上離家最近的車站的首班車，再轉搭一次電車，七點整抵達離比賽會場不遠的 **JR** 信濃町站。

比較早到的人好像六點之後就到了。在下個不停的小雨中，已經有好幾座遮雨篷架設了起來，準備工作正確實進行著。

遮雨篷大致架完後，我被指派前往賽事路線的沿途，負責設置標示距離用的測量杆還有固定看板。我引領著其他幾個人，繞著一圈一三二六公尺的跑道進行準備工作。

早上八點過後，選手們陸陸續續現身會場，進行報到、換裝，並忙著和專屬補給員討論，每個人都心無旁騖地為比賽做準備。

在現場，我碰到很多久未謀面的友人，一不小心就站著聊了起來，不知不覺中開跑時間就逼近了。

比賽在上午十點整開始。

天氣預報說雨勢在早上就會停下來，但看起來卻絲毫沒有要停下來的樣子，最後選手們是在雨中開跑。

不過那並不是對跑步會產生影響的大雨，雖然有點涼意，氣溫倒也沒有降到感覺會冷的程度，甚至可以說是還不錯的開跑條件。

在指揮中心看選手們開跑後，我馬上前往賽道上我負責的指定位置。那裡是靠近 **JR** 信濃町站一個有紅綠燈的路口，是要搭車的人會頻繁經過的地方。

另外，賽道內側的一個停車場有一處地方，車子能夠橫切進來，對選手來說是最危險之處，每年工作人員都在這裡繃緊了神經，不敢大意。

今年跑道旁邊的神宮球場在白天剛好有大學的棒球聯盟賽，晚上還有職棒的公開賽，可以想像得到，一定是人潮雜沓的情況。我心裡只要一想到「不知道會不會有什麼意外發生」這個念頭，就沒有心情站在賽道旁觀看選手們比賽的進展。

中午十二點之前，雨勢停了下來，溫度也沒有下降，可說是在絕佳的天候狀況下。選手們都採取相當快的配速，整體賽況也不斷推進。

剛才提到的大學棒球賽已經於早上十點半在神宮球場開打，球迷人潮沒有想像中那麼多，但是與賽道平行的道路上，有人在進行單車的教學課程，形成了人、汽車、腳踏車還有跑者交錯往來的光景。有時為了避免危險，我不得不請跑者停下腳步。

到了下午四點，前來觀看六點開打的職棒球迷們慢慢出現，一直到職棒開始前路上人潮都很多，但並沒有引發太大的混亂或問題。過了六點後，現場總算平息下來。

真正最混亂的情形發生在職棒賽結束後。

今年在神宮球場舉辦的職棒賽是決賽，觀賽人潮滿到甚至有人是站著看比賽的。職棒賽結束後，將會一口氣有接近三萬人的人潮湧向會場周邊，那混亂的程度遠遠超出想像。

職棒賽在晚間九點零三分結束，踏上歸途的觀眾一口氣全部湧向 **JR** 信濃町站，我負責的那個路口附近也是馬上就陷入一片混亂。

雖然我極力呼籲路人幫忙讓路給跑者，但人這麼多，路人再怎麼禮讓跑者也是有個限度，我只得好幾度強迫跑者停下腳步，讓場面不要那麼混亂。

晚上相當涼爽，以跑步來說是絕佳的狀況，這樣攔下跑者們，當然可能會讓他們的節奏亂掉。我同樣身為跑者，心裡覺得很過意不去。但是一旦發生事故的話，跑者的一切努力就會付諸流水，所以還是得以安全為最優先考量。

還有，去看職棒的觀眾中很多人會喝酒，情緒也很亢奮，所以我一直提心吊膽，擔心會不會發生事情。但是除了很少的一部份人外，多半的人都能體諒我們的比賽，其中還有不少人在跑者經過時會拍手加油。

混亂情形持續了一個小時，在這期間我一直扯著喉嚨喊著，過了十點總算人潮漸漸少，讓我鬆了一口氣，感覺全身癱軟。

很慶幸在沒有太大意外狀況的情況下，完成了自己的使命。

平常身為一位跑者，我總是在跑步，每年能像這樣有一次機會擔任神宮外苑超馬賽的義工，讓我了解到舉辦一場比賽，背後凝聚了多少工作人員的辛苦。我覺得這樣感謝的心情似乎能成為下次比賽的動力。

我再度深刻體認到「馬拉松絕對不是一項孤單的運動」。

10月7日（日）
今日總練跑距離：0km
天氣：小雨
情緒：警覺而不鬆懈

38 許多跑者是眼睛泛著淚光在跑著

神宮外苑二十四小時超馬賽的賽道義工工作，持續到今日早上的十點。昨晚進入深夜，附近活動的人潮高峰時段過去了，基本上路上已經沒什麼人車往來，我也總算能夠喘口氣觀看賽事發展。

這次比賽因為天氣狀況很好，到了晚上依舊有不少跑者用滿快的配速持續跑著，全場都非常期待會有高水準的紀錄出現。

晚上十二點，也就是開跑後第十四個小時，已經有六個人超過了一百五十公里，其中還有一位是女性，水準之高讓人眼睛為之一亮。

接近黎明時氣溫下降，在一旁站著會覺得有點冷，但是大部分跑在前頭的跑者都和白天一樣穿著短袖，看起來非常顯眼。他們一邊把水往頭上澆以求散熱，一面進行激戰。

到了最後兩個小時，我再度回到昨晚引導跑道的紅綠燈口，為跑者們打氣。有許多跑者可能是想起了很多事情，眼睛裡泛淚光跑著，連我看了都變得好想哭。在晴朗的秋日下，揮汗、傾斜著身體跑著的跑者們，傳達出一種身影之美。

結束時間逐步迫近，到了早上十點結束槍聲響起。

這一瞬間，幾乎所有跑者都當場倒下，他們真的是用盡了全身力量在跑，非常精采地迎向終點線。

結果男子組前三名都超過二五〇公里，一直到第六名都還有二四〇公里的好成績；女子組部份冠軍跑出了二四一・三八一公里的亮眼成績，更刷新了亞洲二十四小時道路賽紀錄。這項比賽讓全世界看到了日本的水準之高。

我想再次為所有選手致上最熱烈的掌聲。

謝謝你們這麼精采的表現！

一同協助比賽的所有工作人員和義工們，真的是辛苦你們了。

大家一體同心，共同成就了這麼棒的一場比賽。

謝謝你們。

10月8日（一）
今日總練跑距離：0km
感動指數：破表再破表

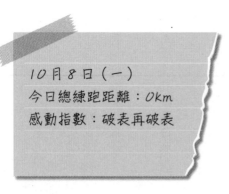

39 跑者自身也應該要注意

從昨天開始，早晚的氣溫明顯增添了涼意。我今早是穿了長袖運動服才出門去跑步。

像這樣衣服換季，也讓人感覺到季節的轉換。

神宮外苑二十四小時超馬賽上沒有發生大的事故或問題，還催生了許多高水準的紀錄，就比賽而言算是相當成功，但有一件事情讓我相當在意。

在隔壁神宮球場的職棒賽結束後、人潮最為洶湧時，有個酒氣很重的中年男子對我這麼說：「從剛剛開始，跑步的人就一直撞上來，連一句道歉也沒有，你們自以為是老幾啊！」我回說：「真的是非常抱歉。」但是他死纏著我不放，我光是為了要引導混亂的群眾就已經忙得不可開交了，還要和他糾纏，讓我覺得有點惱。

我是不曉得他跟跑者之間到底是有了怎麼樣的接觸。但感覺上他已經喝了不少酒，或許有可能單純是他自己的腳步踉蹌不穩，跑者才會不小心撞上。此外，雖然他一口咬定是跑步的人撞上他，但人潮中夾雜了這麼多的一般民眾，說不定撞到他的也有可能不是出賽的跑者。

整個事情的細節我並沒有看見，所以無法下任何評斷。先假設那位中年男子說的話是真的，那麼確實跑者應該道歉，向他說一句「對不起」。

在近來的跑步熱潮下，我平常在路上跑時，經常會看到不少跑者。拿東京的皇居為例子來說好了，聽說每天晚上，皇居外圍平均都會有四千人左右的跑者在那兒繞著圈跑著，跟路上行人產生的衝突更是不絕於耳。

跑者四千人，再加上路人、觀光客，一圈總長五公里的皇居周邊道路，在晚上的人超高峰時段大概是每隔一公尺的間距就有一個人。想要在這樣的地方加快速度跑步，沒發生事情才教人覺得不可思議。

我的意思並不是要大家「不要在人潮很多的皇居跑步」，但是跑者自身應該也要有所顧慮，在這種情況下練跑時，自動切換成速度比較慢的慢跑，注意不要撞上行人。

馬路並不是誰家的東西，大家應該彼此互相禮讓，確保馬路上有能夠順利通行的空間。

10月9日（二）

今日總練跑距離：29km

早上：通勤跑5km

傍晚：回家跑11km

晚上：自家周邊13km

40　台灣也差不多要有個打破紀錄的選手出現了

看了神宮外苑的比賽後，我深深感受到日本的二十四小時賽在短期間內有相當大的進步，提升到相當高的水準。

在距今剛好二十年前的一九九二年，跑者丹代政俊在東京舉辦的二十四小時賽上，以二二五公里的紀錄拿下冠軍，那是當時的日本最佳紀錄。

隔年十月，森川清一在東京的比賽上以二三三．三六一公里更新了日本紀錄；再隔年的十一月，有田正義在法國的比賽上跑出了二五五．七七五公里的新紀錄，當時大家驚呼：這彷彿是來自異次元的成績哪！我想大概是從這個時候開始，日本的二十四小時賽就進入了另一個新的紀元。

有田正義在一九九四年跑出了他個人的最佳紀錄二六二．二三八公里，這個紀錄長年以來在日本一直沒有人能打破。

之後在二〇〇二年的東吳國際超級馬拉松賽上，我跑出了二六六．二七五公里，等於說是相隔八年後，日本終於有人打破了有田正義的紀錄。

二〇〇四年大瀧雅之同樣在東吳國際超馬賽上，跑出了二七一．七五公里的成績，這也是日本首度有人能夠超越二七〇公里的關卡，大瀧雅之大幅提升了日本的紀錄。但在二〇〇七年我又寫下二七四・八八四公里的成績，這個紀錄至今仍是日本公認的最高紀錄。

也就是說，從一九九二年的丹代政俊開始，不過短短的十五年，日本紀錄的增長達五十公里。二十年後的今天，無論是在世界錦標賽上或是神宮外苑的比賽上，已經有不少選手可以跑出超過二五〇公里的成績，由此可以窺見日本選手的實力。

另一方面，台灣紀錄則是由陳俊彥在二〇〇三年在東吳超馬賽上創下，成績是二四四・八三五公里。在我看過日本這幾年來的紀錄變動，我猜想台灣差不多也要有打破這個紀錄的選手出現了。

台灣有東吳超馬賽那麼精采的比賽，大家對於馬拉松也懷有相當大的熱情，我想幾年後台灣的馬拉松應該可以提升到和日本差不多的水準，對此我感到相當期待。

我也會盡我所能為台灣馬拉松的成長出力。也希望今後台日兩國的水準都能不斷成長。

10月10日（三）
今日總練跑距離：26km
早上：通勤跑 5km
傍晚：回家跑 11km
晚上：跑到體育館來回 6km +
繞跑慢跑跑道 4km

41　我盡可能不熬夜

這個星期不知為何一直好想睡覺，彷彿自己是處於一種有時差的狀態中。到了晚上很好睡，連二十分鐘的午休時間也睡得相當熟。

我覺得只要熬夜一個晚上，對於日常生活就會產生各種影響。

我經歷過最嚴重的一次時差，是在跑法國的蘇傑四十八小時馬拉松賽時。法國跟日本的時差有七個小時，在二〇〇八年的法國蘇傑四十八小時賽事中，我總共只睡了三十分鐘左右，回國後有一陣子一直調不回來。

我還記得賽事結束回國後我在家裡泡澡，泡在裕缸裡的一小時裡我一直昏昏沉沉想睡覺，最後還是老婆把我給叫起來。

那時晚上雖然很容易入睡，但會在凌晨三、四點這種奇怪的時間醒過來，覺得疲勞沒有辦法完全消除。

以前我曾經在入夜後練跑，結果生活節奏就亂掉了，而且最糟的情況是還有可能會把身體搞壞，所以我現在會特別注意，不要在太晚的時間跑步，每天在規律生活的情況下進行練跑。

我二十歲左右時，曾經有三個月在上晚班的公司上班過，每天清晨才結束工作，回到家後就在白天睡覺，完全沒有曬到太陽，臉色也變得蒼白。我因為覺得對健康不好，所以不久就辭職了。

那間上晚班的公司裡頭也有做了十年以上的人。假設那個人也去跑二十四小時賽，那麼賽事進入晚上之後，他應該可以跑得非常順暢，但是到了白天也會像我們一樣覺得很想睡覺吧。

以人類的習性來說，身體就是要在晚上休息的，所以我會盡可能把熬夜控制在一年只有幾次的情況，只在出賽時熬夜。

10月11日（四）
今日總練跑距離：29km
早上：通勤跑5km
傍晚：回家跑11km
晚上：自家周邊13km

42 無論職場或賽道，都要有適度的加工研磨

這個星期過得好快呀！原因應該是星期一請假的關係吧。

我的工作很忙，所以沒時間想一些有的沒的，練跑也一如往常進行著，每天都感覺相當充實。

這個月設定的目標總共是九百公里，到了今天總算超過了三百公里，要達到本月目標，還得要好好努力。

不過我還是希望不要被距離給侷限住，應該是以身體狀況為優先考量來達到這個月的目標。

我從事的是機械加工業，前後工作了也有二十五年了。

工作內容是在拿到機械零件的完成圖後，自己思考該如何進行加工，再用對應的機器製成零件。

依照完成圖上顯示的尺寸，將一塊鐵塊進行加工研磨的過程，總讓我覺得和為了出賽而練跑、鍛鍊身體的過程很像。

目前我的練跑狀態可以說是加工研磨的過程吧。

這個加工研磨若是過了頭，就會變成做白工，無法製成可用的零件；若以練跑來說的話就是「overwork」，練跑過了頭。

反過來說，在加工過程中如果拖拖拉拉，時間拖得太長，就無法如期趕上交貨時間，以練跑來說就是太過鬆懈的話也不行。

當月累積練跑距離終究只是一個大致的目標，若是太過拘泥於達成數字而讓身體出問題，導致最後無法出賽，那就是本末倒置了。

適度的加工研磨能夠產出好的零件製品，適度的練跑也能為比賽帶來好的結果。

我從九月開始正式進入練跑已經經過一個半月，我覺得截至目前為止的練跑相當順利。

希望今後不要搞錯加工的尺寸（跑過頭／休息過頭），而是要一步步確實地往製成的方向前進。

10月12日（五）
今日總練跑距離：29km
早上：通勤跑 5km
傍晚：回家跑 11km
晚上：自家周邊 13km

43 這是以啤酒觀光工廠為終點的練跑

今天和上次在馬拉松遠足時一起去參觀麒麟啤酒橫濱工廠的跑友們相約練跑。目的地……當然是朝日啤酒神奈川工廠。大家一起跑過去吧。

我們約定早上七點半在距離我家四公里的一個地方集合，我因為想多累積一點距離，所以很早起床，繞了遠路，抵達集合地點的時候已經跑了十五公里了。

從集合地點到啤酒工廠的距離，差不多剛好是一個全馬的距離，途中也有不少上下的起伏，是滿值得一跑的高難度路線。

今天最高氣溫超過攝氏二十五度，這樣的炎熱氣溫下我流了很多汗。我們一行三人一面聊天，一面適時休息，跑到啤酒工廠總共花了五個半小時。

因為工廠周邊沒有溫泉或是澡堂，我們就在工廠內的廁所擦汗、換衣服，下午一點半開始參觀工廠。

其實我之前已經參觀過這個工廠五次，原以為自己對導覽的說明內容已經瞭若指掌了，但出乎意料的還是有新的斬獲和發現，讓人很有收穫。

一小時左右的導覽參觀結束後，就是這趟行程的主目的——試喝剛製成的生啤酒。這間工廠可以試喝「super dry」的口味跟生的黑啤酒，今天因為天氣比較熱，跑的距離也剛剛好，所以喝起來比上個月更顯美味，我們幾人笑著乾杯。

除了朝日啤酒跟麒麟啤酒外，距離我們家二十五公里的地方還有三得利的啤酒工廠，我們熱烈討論著下次馬拉松遠足要跑到那邊，來比較三家啤酒的味道。

像這樣能夠練跑又能試喝好喝的啤酒真是一石二鳥，希望之後也能愉快地享受這種活動。

10月13日（六）
今日總練跑距離：57km
早上：自家～集合場所
15km
上午：集合廠所～朝日啤酒神奈川工廠 42km

44 幸福就是身邊有很棒的朋友

今天也是早上五點四十分從家中出發。

最近我到了週末就會早起，感覺好像自己的身體已經習慣了這種練跑模式。今天也是繞著平常練跑的公園持續累積距離。陪伴我一起奔馳的跑友名叫鈴木立紀，是一位曾經是鄰居、滿要好的朋友，兩人一起跑了幾圈。

他從事的是醫療相關工作，現在在美國費城留學做研究，偶爾會回日本停留一段時間。只要他回來，我們至少會約一次一起跑步的時間。

以前我們每個星期會有一天的晚上一起跑個十五到二十公里，一邊揮汗一邊聊著跑步、棒球、政治相關的話題。三年前我搬了家，他也確定要去留學，之後就不是那麼常有機會碰面了。

不過我們彼此各自在跑步及工作上都有很大的斬獲，所以還是持續以電子郵件保持往來，交換近況。拜他之賜，我這兩年才有機會參加美國費城二十四小賽。此外，我在二〇一一年參加美國惡水賽時，他還有他的太太，以及我公司的三名同事陪我一同前往，擔任我的補給員，在嚴竣的條件下，他一整天下來毫無保留地為我進行補給。

待在美國的三年間，他四處參加馬拉松賽，現在已經跑完四十九個州的賽事，而且全部都是在四個小時內就完跑。

目前只剩下夏威夷的馬拉松賽，他也下定決心，在十二月第二個星期舉辦的檀香山馬拉松賽一定要在四小時內跑完，完成稱霸五十州的目標。

巧的是我同一天也要跑東吳超馬，我們握著手彼此鼓勵對方加油，約好下次再碰面後就告別了。

再次深深體認到自己身邊有很多很棒的朋友，自己真的是一個很幸福的人。

10月14日（日）
今日的練習：
早上：自家～公園～自家
43km
今日總練跑距離：43km
幸福指數：★★★★

45 女兒呀，妳以後就擔任我的翻譯吧

這幾年來我幾乎沒有參加日本國內的賽事，跑的都是國外的比賽，不管前往哪個國家，第一個碰到的障礙就是語言。

和現在比起來，我以前的英文會話能力比較好，現在因為在日常生活中幾乎沒有用到英文的機會，程度年年退化，只要聊到比較深的話題，沒有翻譯的話我就沒辦法進行溝通。

考慮到今後的狀況，我想可能還是要再重學一次英文比較好。

其實我也知道應該多學一些中文會比較好，但現實情況是每次都還是完全依賴翻譯。跑步環台時全都靠口譯的林瑾君小姐，停留在台灣的十八天中，我會講的中文只有「謝謝」、「你好」、「再見」、「加油」這四句話而已。

有一次在台灣的機場餐廳吃飯時，我手上的湯匙不小心掉到坐在隔壁桌的人腳邊，那時我一時想不起來中文的「對不起」要怎麼講，結果要道歉時脫口而出的是「謝謝」。

那個人驚訝的表情我到現在都還記得。

其實我曾經一度學過中文。我知道自己有很多要好的台灣朋友，且想繼續維持友誼關係，曾努力過要增加自己的中文語彙量。

也因為自己吃力的經驗，我想要讓女兒在年紀還小的時候就熟悉外語，所以現在讓她每星期去上一次英語課。

當然她現在還只是透過遊戲來學英文，是處於學習語言還很快樂的階段，我相當期待她之後的進步。

如果未來十年還能繼續在馬拉松界努力的話，到時我想讓女兒來做我的翻譯。

10月15日（一）
今日總練跑距離：29km
早上：通勤跑5km
傍晚：回家跑11km
晚上：自家周邊13km

46 搭著電車或巴士，邊讀著書邊享受旅行的氣氛

我現在每天早上和晚上都是用跑步來移動，搭車的時間真的變得很少。特別是像現在這樣為了出賽而進行的練跑時期，只要身上行李不多的話，要到某個地方之前，我第一個會想到的是：「可以用跑的過去嗎？」最近因為孩子會吵著要去購物中心玩，所以週末開車的時間增加了，不過週間我基本上是不開車的。

我現在已經完全是個典型的假日才會開車的人了。

以前我曾經計算過自己一整年下來跑步的距離和開車行駛的距離，跑步距離是七六二一公里（平均一天二十・九公里），開車行駛的距離是二三七七公里（平均一天六・五公里），跑步距離是壓倒性地高過開車距離。

我單身的時候更是極端，好幾次曾經一個月完全沒開車，結果有時突然因為有急事需要開車出門，結果發現電池沒電，引擎完全發不動。

也因為這樣太浪費了，我結婚後，在孩子還沒有出生之前的幾年是沒有車的，倒也不會因此而特別感到困擾。

如果是長距離的移動，搭電車或是巴士絕對比較輕鬆，我喜歡一手拿著啤酒，邊讀著書邊享受旅行的氣氛。

跟保養車子的費用比起來，搭電車也比較便宜。

汽車排出的廢氣也會造成地球暖化，是破壞環境的因素之一，是人類必須共同面對的課題，就某個程度而言，也可以說「跑步是一種愛地球的行為」。

10月16日（二）
今日總練跑距離：29km
早上：通勤跑 5km
傍晚：回家跑 11km
晚上：自家周邊 13km

47 有時候，也有停下腳步的必要

早上天氣很好，中午過後雲層增厚，從公司下班返家時，開始下起了滴滴答答的小雨。

我姑且先撐著傘跑，但是雨愈下愈大，最後變成了滂沱大雨。沒辦法我只好選擇距離家裡最短的五公里路線，路上想著之後再去體育館繞慢跑跑道跑。

但是回到家後發現妻子身體不舒服躺在床上睡覺，我也不能就這樣放任太太跟女兒兩個人在家裡，自己出去跑步。

雖然老婆跟我說：「我沒問題的，你出去跑步吧。」但是我回她說：「如果為了練跑而忽略了生活，這樣是本末倒置。今天我就不跑了。」之後我就帶女兒去洗澡、陪她玩，讓老婆可以好好休息。

我再度體認到自己可以用健康的身體持續跑著，是因為背後有太太的支持，另外也不能忘記對於親戚、朋友、公司的上司、同事們的感謝。

面對跑步不要陷於過度熱衷，有時也有停下腳步的必要。之後我想找個時間帶全家人一起出門吃美食。

10月17日（三）
今日總練跑距離：10km
早上：通勤跑5km
傍晚：回家跑5km

48 「跑步」等於「舒服的事」

傍晚下班跑回家時，天色陰沈，雨看起來要下不下的。就在我抵達家裡不久後，果真下雨了。

今天妻子的身體恢復了，於是我就直接開車前往體育館，繞著慢跑跑道跑。練跑速度比起往常快了一些，所以今天累積的總練跑距離比較長。

跑步時我總惦記在心的是要「舒服暢快地跑到最後」。最理想的狀況是在「還想再多跑一點哪」或是「明天也要好好加油」的積極想法下，迎接一天練習的結束。

或許有人希望能跑到「跑完後整個人都站不住」的程度，但是跑到整個人沒辦法再跑下去之前，其實早就已經超過了自己的極限，在練跑的尾聲是絕對沒辦法維持正確的姿勢來跑的。

而且實際上這樣也會讓姿勢變得不良。我認為讓身體徹底記住正確的姿勢是練習的基礎，所以都會留意配速，讓自己舒服暢快地跑到最後。此外，讓身體跟頭腦留下「跑步等於舒服的事」的印象，是讓自己持之以恆的祕訣；如果讓「跑步等於辛苦」這樣的印象根植下來的話，很多跑者會在途中彈性疲乏，最後無法持之以恆跑下去。

不過有時候奮力跑也是不錯，以練跑的基礎層面來說，建立「快跑習慣」是有必要的。

10月 18日（四）
今日總練跑距離：30km
早上：通勤跑 5km
傍晚：回家跑 5km
晚上：繞體育館慢跑跑道 20km

49 團體共同取得冠軍的榮耀，是多麼有價值的事

美國大聯盟世界大賽的聯盟冠軍爭霸賽結束了，鈴木一朗所屬的紐約洋基隊很可惜地以四連敗敗退，無緣晉級決賽。

今年在賽季中原屬水手隊的鈴木一朗閃電宣布加入洋基隊，跳槽後他的表現相當亮眼，說是季後賽球隊中最活躍的中心人物也不為過。

我於二〇一二年七月間到美國費城時，在電視上看了鈴木一朗的比賽，在球隊節節敗退的情況下，嗅得出來勝利無望，鈴木一朗的表現也讓人絲毫感受不到一絲霸氣。

我跟一起看比賽的朋友說：「鈴木一朗是不是差不多也快不行了？是因為年齡的關係嗎？」不過，由於他是處於一個「不管是碰到三振還是失誤都好像不太緊張的隊伍」之中，他自己大概也是因此很難提升鬥志吧。

那次在電視上看了他比賽之後不過短短幾天，他就宣布加入洋基隊。在常勝軍洋基隊中有一種大家同體一心拿下勝利的氛圍，大概是這種「為球隊而戰」的精神再度燃起鈴木一朗的鬥志吧。

他的打擊率也從在水手隊時的 .260 提升至 .283，不管是對洋基隊或對鈴木一朗來說，都是很好的一個交易。

雖然一般人會覺得馬拉松跟棒球不一樣，不是團體的比賽，但我在馬拉松賽中也曾深刻感受到團隊存在的重要性。

那是二〇〇五年在法國蘇傑舉辦的二十四小時世界錦標賽。

同個賽事中，前一年我奪下冠軍，所以二〇〇五年我以冠軍衛冕者的姿態出賽，不過我狀況很不好，到了接近比賽尾聲時，眼看拿下冠軍或前三名都無望，我整個人幾乎是喪失了目標和動力。

在最後一小時我用接近慢跑的速度，整個人搖搖晃晃跑著時，日本隊的井上教練為了激勵我喊道：「你的成績也被計入團體的成績內，給我振作起來！好好地跑！」這下才讓我重新打起精神，奮力跑到最後。

結果我的個人成績雖然只有第四名，但是在團體成績中，日本隊前三名的累積距離是各國當中的第一名，日本隊在這個項目首度拿下冠軍。

在這之前我滿腦子想的都是自己的成績，但是這場比賽讓我深刻感受到團體共同取得冠軍榮銜的價值，比賽結束後全體隊員能夠共同分享喜悅真的讓人很高興。之後日本隊在世界錦標賽的團體成績拿下六連霸，我一直到四連霸為止都是日本隊的一員，為團體成績貢獻己力，這和個人成績同樣讓我非常引以為傲。

雖然東吳超馬賽不計算團體成績，但我還是希望不僅只以個人的身分，同時以身為日本隊的一員為傲，來跑這場比賽。

10月19日（五）
今日總練跑距離：29km
早上：通勤跑5km
傍晚：回家跑11km
晚上：自家周邊13km

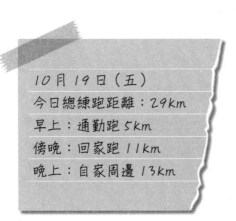

50 和家人前往熱海度假，我當然是用跑的去

今天全家人一起出遊，到自古以來就是著名的溫泉勝地熱海遊玩。

雖說是一起出遊，但妻子跟女兒還有岳父、岳母是搭電車前往，而我「當然」是用跑的過去，大家約好直接在飯店集合，這是我們家特有的家族旅行方式。

早上七點我先從家中出發。

前往熱海有兩條路線，一條是沿著湘南海岸的「海線」，另一條是沿著大山山麓跑的「山線」。今天我選擇了起伏較多、距離也比較長的「山線」，朝目的地前進。上午天空雲多，氣溫只有攝氏二十度左右，是適合跑步的絕佳天候狀況。

按照預定計畫，我在中午通過五十公里處的小田原，此時稍微有陽光露了臉，但是氣溫沒有上升，一直到抵達目的地為止都跑得很舒服。

抵達熱海的總距離，跟從我家往返江之島一樣，都是七十六公里。因為是單向車道，能夠充分享受沿途景緻，加上路面起伏也多，跑起來完全不會覺得無聊，感覺很棒。

抵達當地的飯店是下午兩點四十五分。

順利跟家人會合後，我首先去泡溫泉，把身上的汗給洗掉。之後家人一起唱卡拉ＯＫ，玩飯店附設的休閒遊樂設施，晚上七點吃晚餐。

晚上是吃到飽自助餐，啤酒也是可以喝到飽。我在家人的勸酒下，有點得意忘形喝了六杯。料理好棒，我吃得很飽，整個人非常滿足。

以前曾經造訪過熱海好幾次，所以這次我們沒有到處觀光，全家人就在飯店裡頭輕鬆地一起共享一家團聚的愉悅時光。

因為今天跑得很累，酒又喝得很多，也覺得有點倦，我在晚上十點前就上床睡覺了。今天度過了相當健康的一天。

10月20日（六）
今日的練習：
家中～熱海 76km
今日總練跑距離：76km
今日啤酒累積成績：6杯

51 度假完畢還是用跑的回家

今早狂睡到早上七點。

很久沒有這樣悠哉地睡這麼飽，睜開眼睛時覺得非常有精神。

七點半去吃自助式早餐，因為食物有點裝了太多，一早就吃得很撐。

九點我一個人先從飯店出發。

沒錯，回程「當然」也是用跑的，在旅遊地就地解散，這也是我們家獨有的度假作風。以前我每次去都是跑「山線」，回程就改跑「海線」，讓去回的路線有所變化，但今天我想多累積一點距離，所以回程同樣選了山線跑回去。

今天天空萬里無雲，是個大晴天，氣溫像是夏天一樣超過攝氏二十五度，我在路上補充了不少水分。

但可能是因為昨晚喝了太多啤酒，加上今早早餐又吃得太飽，跑步時一直覺得肚子很漲，所以途中只在便利商店買了一個三角飯糰當做補給。

儘管如此，還是覺得腳步非常穩健，讓我實際感受到自己這兩個月下來的練習成果。

在路上還偶然碰到一位好幾年不見、很熟的一位跑友，包含停下來跟他短暫寒喧的時間，總共花了大概八小時十分鐘左右平安抵家。

然後今晚的晚餐是吃燒肉！

這是在我長距離練跑後，固定會出現在我們家餐桌上的菜色，做為犒賞。

這趟溫泉旅行是因為有家人的諒解才得以成立，等比賽結束後，我想暫時先把跑步的事擱在一邊，享受只屬於家人間的旅行。

10月21日（日）
今日的練習：
熱海～家中 76km
今日總練跑距離：76km

52 跑步五公里上班是恰到好處的距離

每天早上我固定會在六點起床，這個習慣前後差不多有二十年了。最近平日在沒有鬧鐘的情況下，到了六點左右自己就會醒過來。起床後我會先檢查一下電子郵件，一邊看電視新聞一邊吃早餐，之後接著刷牙、上廁所、換衣服等，七點二十五分從家中出門，以時間上來說相當充裕。接著就跑五公里的路到公司上班。我一直覺得這五公里路真的是非常恰到好處的距離。

我在現在的這間公司工作已經十二年了，從開始上班的第一天就是用跑步通勤上班。二〇〇九年我搬了家，巧的是新家到公司的通勤距離竟然一樣也是五公里，因此我也不用調整生活節奏，一樣每天跑步通勤。

如果通勤距離變成了十公里，早上就必須再早一點起來；這樣若是前一天晚上比較晚睡，可能隔天早上就得妥協，改成搭車上班。

不過如果是五公里的距離的話，差不多就是「出門跑一趟」的距離，不須有特別的準備就能出去跑，我想是因為這樣的距離感才讓我得以持續一直跑下去。

如果是十公里的話，可能無法長久持續下去；十五公里的話大概就不會選擇用跑步方式通勤吧。

就這個層面來說，能夠在用跑步通勤距離剛剛好的公司上班，我真的是很有福氣呢。

今後也希望通勤跑不僅是練跑的一環，同時能以健康為目標，持續跑步通勤下去。

10月22日（一）
今日總練跑距離：29km
早上：通勤跑 5km
傍晚：回家跑 11km
晚上：自家周邊 13km

53 雨天跑步的一點想法

早上下起了驟雨，有時雨會突然變得比較大，所以我就撐了一把堅固的傘跑步去上班。

天氣預報說白天雨會停下來，到了傍晚天氣會放晴，我就以此為依據在腦中擬定了今天的練跑計畫。但是預報完全不準，回程也還是一樣撐著傘跑回去。

今天回家時順道繞到了一個地方辦事情，所以跑的距離比往常要稍微遠一點，回到家後雨也還是下個不停，讓我喪失了練跑的心情。

如果現在再去體育館跑步的話，時間上會變得有點晚，所以就暫停了今天回家後的練跑。我雖然滿常在下雨時撐傘跑步，但這大部分都是發生在通勤時、別無選擇的情況下。如果要跑長距離的話，還是穿著雨衣跑或是在室內跑會比較好。

撐著傘跑雖然有利於鍛鍊手腕的肌肉，但是撐傘一定是單手撐，必須要注意身體的平衡姿勢，看看姿勢有沒有變化。

在路上滿常可以看到在雨中跑步淋得一身溼的人，不過像我這樣撐著傘跑步的人幾乎很少看到，所以大家或許應該也不太需要這種撐著傘跑的注意事項吧……

我認識某些跑者，直接把傘固定在頭上跑，這樣的話就不需要特別注意什麼，可以像平常一樣地跑吧！

10月23日（二）
今日總練跑距離：18km
早上：通勤跑5km
傍晚：回家跑13km

54 人需要一定程度的刺激

今天下班後去上了有氧課。

課程名稱是「初級有氧」，內容正如其名不是很難。但我上個禮拜不過只缺席了一次，就覺得跟不上動作，最後終於找回感覺時已經要下課了。

我想跟這一陣子練跑導致身體變比較僵硬也有關係，不過有氧舞蹈真的是沒有持續跳的話就會退步呢。

以前我固定會上健身房時，有一陣子比現在更熱衷於跳有氧舞蹈，是「有氧舞蹈跟跑步雙頭並進」，比起現在跳得好很多。

那段日子有時候我在假日往返江之島跑了七十多公里後，還可以輕鬆地再背著有氧舞蹈課的裝備，從家中跑到距離四公里外的健身房，上兩堂進階有氧課（一堂一小時），流了汗之後再跑四公里回家。

那時候每天都上有氧課，身體也因此得以掌握得到那種感覺吧。

人的身體裡頭有許多平常沒有用到的細胞，為了讓那些細胞活化，必須持續給予一定程度的刺激。

現在我在上的有氧課下下週就要結束了，為了讓自己維持一定的水準，我想之後再去找別的有氧課來上！

10月24日（三）
今日總練跑距離：27km
早上：通勤跑5km
傍晚：回家跑11km
晚上：往返體育館6km+繞慢跑跑道跑5km
身體柔軟度指標：★★

55 跑步的人大概是沒有在怕冷的

最近早晚又更增添了寒意，我從昨晚開始睡覺時在毛毯上又加蓋了一件棉被。二〇一一年日本東北三一一大地震後，日本全國開始實施節電政策，我們家也努力配合省電，盡量克制夏天的冷氣跟冬天的暖氣使用。像這樣多蓋幾件棉被就可以減少暖氣的使用。

今年夏天滿熱的，不開冷氣睡覺晚上有時不太好睡，不過靠著電風扇也還算過得去。

我滿自傲的一點是，我們家的電費非常便宜。

我在開始跑馬拉松之前，因為很怕冷的關係，每年差不多十月就會把日式家具「暖桌」拿出來使用，直到隔年的四月。也就是說，在這半年間，我就依賴這個暖桌度過寒冬。

那時我經常工作結束返家後，馬上就鑽進暖桌，一邊喝著啤酒一邊看電視，接著就會很想睡覺，過了十二點後就這樣直接睡著。

就是因為過著這樣的生活我才會變胖吧。

開始跑馬拉松到現在，代謝變好了，也比較不怕冷，暖桌的身影也不曉得從何時開始就從我們家消失了。

就算是在寒冬舉辦的馬拉松賽上，我也能夠只穿著一件慢跑衫跟慢跑褲跑，跑步的人大概沒有人是怕冷的。

天氣冷時跑步可以說是「最不花錢的暖氣」了。

10月25日（四）
今日總練跑距離：29km
早上：通勤跑 5km
傍晚：回家跑 11km
晚上：自家周邊 13km

56 穿上出賽紀念T恤意外地對業績有些幫助

我至今參加過國內外無數次比賽，拿到很多出賽時獲得的紀念T恤，每一件都有著許多回憶。

我一開始很寶貝這些衣服，會把它們拿來當練跑服穿，只要穿上了上頭印著「Finisher」完賽紀念之類字樣的T恤，內心就會湧起一股光榮感；不過我最近都以妻子為我選的衣服做為練跑服的優先選擇，這些參賽紀念T恤大部分都躺在櫃子裡頭。

我常會把這些舊T恤拿來當工作服穿去上班，但是就算因為油污而變得很髒，我也不太捨得把它們給丟掉。

有一件我二十年前出賽時獲得的紀念T恤，雖然領口都鬆掉了，但我還是一樣把它拿來當工作服用，每隔一段時間就會穿去上班。

有些工作上有往來的人看見我穿的T恤，就會問我相關的問題，我們也就因此會聊起馬拉松的事。

我怎麼也想不到，當我穿著超馬賽事的「Finisher」完賽紀念T恤，竟會讓其他人這麼驚訝。這也意外地對於業績好像有一些幫助。

對於沒有跑馬拉松的人來說，能夠跑完一趟全馬是一件非常厲害的事，當我說我跑的是一百公里以上的超級馬拉松時，他們更是驚訝到不敢置信。

我想未來我的參賽紀念T恤應該會不斷繼續增加，希望之後在比賽上也能跑出好成績，讓工作上往來對象問起馬拉松相關的事情時，我能夠多講些光榮事蹟給他們聽。

10月26日（五）
今日總練跑距離：29km
早上：通勤跑5km
傍晚：回家跑11km
晚上：自家周邊13km
業績表現：祝福大家業績越來越好

57 跑步的初衷是為了健康

每個月有一次，我必須要在週六上班。今天就是這樣的日子。

最近工作真的很忙，忙到需要加班，總之今天就像平常一樣到公司確實地工作。

我們公司常常在放假日也要上班，一整年下來休息的時間並不是那麼多。但是平日幾乎不需要加班工作到很晚，所以相當方便我排定練跑計畫，這一點對我幫助很大。

我想我一年加班的時間，大概不超過十個小時吧。

此外，我為了參加馬拉松賽而遠赴國外必須請假時，公司總是很寬容地准假，對此我一直以來都感到非常感激。

現在或許有點難以想像，但我以前其實是一個工作狂。

那時的我，幾乎完全不休息，拼命工作，從早上八點工作到晚上十點，像是發了瘋一樣工作，就連通勤時間我都覺得很浪費，所以乾脆就睡在公司，曾經一整個月都沒有回家過。

　　這樣的生活持續了兩年，因為壓力的累積，身體的疲勞感始終揮之不去，等我發現時肚子已經胖了一圈，這下才發現健康的重要，於是開始跑馬拉松。

　　我開始接觸馬拉松後，就迷上了挑戰極限的超馬，可能因為我是那種一旦開始做某件事，不投注全副心力做到極限就會覺得渾身不對勁的類型吧。

　　雖然我跑馬拉松的資歷很長，但還是希望自己不要忘記當初為了健康而開始跑馬拉松的初衷，今後也要好好照顧身體。

10月27日（六）
今日總練跑距離：29km
早上：通勤跑5km
傍晚：回家跑11km
晚上：自家周邊13km

58 因為早起，所以能有效率地利用時間

這個月最後一次的長距離練跑，依舊是江之島的往返跑。

天氣預報說今天下午會下雨，所以我比平常早三個小時起床，四點出頭就出門跑步。

那時外頭還是一片黑，空氣中有一股寒意，因為是星期日的清晨，車流量不大，我一邊聽著音樂一邊暢快地跑著。

抵達江之島時是八點出頭。

今天只休息了五分鐘左右，接著馬上就踏上歸途。

但是天氣預報不準，過了九點後就開始下雨，還好雨不大，加上我全身都已經換上雨天裝備，所以雨勢對於我的練跑完全沒有影響。

在雨中跑步，不知為何讓我想起了在台灣跑步環島最後一天的事。

那一天也下著雨，我們一行人早上四點出頭就開跑，總距離是八十公里，跟今天的狀況非常類似，想起來讓人有些懷念，一邊跑著心頭也跟著暖了起來。

從台灣跑步環島到現在，也已經過了七個月了呢……

今天白天的溫度是攝氏二十度左右，非常適合跑步，也因此我後半段路程的配速相當快，剛好在十二點時平安抵達家中。

從上個月開始我總計往返了江之島三次，感覺今天是跑得最輕鬆、舒服的一次。

這就是練跑的成果吧！

昨天因為要上班沒什麼時間陪家人，所以今天下午就跟老婆還有女兒三人一起去購物中心，度過悠閒的下午時光。

因為早起所以能有效率地使用時間，有種賺到了的感覺。

10月28日（日）
今日的練習：
往返江之島76km
今日總練跑距離：76km

59　跑者的能量補充

我在傍晚下班跑回家後，還沒出發進行晚上的練習之前，一定會吃東西補充能量。在各種食物當中我最喜歡的就是一種包了整根香蕉跟奶油的蛋糕。這種蛋糕非常好吃，份量又夠，只要吃一塊就能完全補充晚上跑步所需的能量，讓我順利完成練跑。

以前曾有雜誌以「參觀運動員的餐桌」為主題來採訪我，把我一天三餐的照片刊登出來，這個蛋糕也在那些照片中。

現在我還是很喜歡甜食，但拜這兩個月的練跑之賜，體重已經下降到了最為理想的六十六公斤。

九月初時我的體重是六十九公斤，也就是我在兩個月內瘦下了三公斤。

二十年前我就是以減肥為目的開始跑馬拉松，在那之後我完全沒有進行任何飲食限制，可以說是以「照常吃卻變瘦」的形式在減肥。

現在市面上充斥著許多減肥的書，我覺得絕大部分好像提供的都是以限制熱量、脂肪攝取為出發點的消極方法。

就另一個層面來看，脂肪是能量的來源，我覺得倒不如從「可以如何消耗」去發想，會瘦得比較快。不過這些減肥書的書名很多是「輕鬆瘦」，從這個概念出發的話，大概運動是不太可能會在書中被提到。

我能夠盡情享受美食同時又能減肥，真的是再幸福也不過了。

10月29日（一）
今日總練跑距離：26km
早上：通勤跑5km
傍晚：回家跑11km
晚上：自家周邊10km

60 冬天要增加一些練跑裝備

今早起床後，氣溫很低，只穿平常練跑時穿的運動服感覺有點冷，所以我在下半身的運動褲內又套了一件長的緊身褲，然後才出門跑步上班。跑了五公里才好不容易出了一點汗，我覺得事前在家裡穿上緊身褲果然是正確的決定。

在冬天，長緊身褲就變成我練跑時不可或缺的裝備。就算是穿西裝或是穿牛仔褲時，我也會在裡頭套長緊身褲。這跟我先天體質就怕冷也有關係，加上如果體溫變低的話免疫力就會下降，容易感冒，所以我平常都會注意保暖。

此外，最近的長緊身褲多半具備機能性，有助於促進步行或是跑步的速度，考慮到這個層面，每年到了這個時期我就會盡量常穿。

我也看過不少人因為看重這項機能，就連夏天也會穿長緊身褲跑步。

我曾經為了配合雜誌所做的商品調查，在夏天最熱的時候穿著長緊身褲跑了超過七十公里的路。

的確，跑起來感覺還不錯，只不過跑完後大腿起了一大片汗疹，非常不舒服，從那次之後我再也不在夏天穿長緊身褲。對我而言，長的緊身褲是冬天用的裝備。

接下來一直到來年春天的四、五月都要依賴長緊身褲了。

10月30日（二）
今日總練跑距離：26km
早上：通勤跑 5km
傍晚：回家跑 11km
晚上：自家周邊 10km

61 在不利的條件下還能拿出好成績，真讓我自豪

這個月設定的練跑目標是九百公里。今天是這個月的最後一天，累計總里程數是一千零五公里，超過目標數字達一百公里。

姑且不論目標數字，能夠在沒有受傷的情況下順利完成這個月的練跑，是讓我最高興的事。

我想這也是要歸功於每天不斷地累積練習，真的得再次感謝身邊的人讓我能夠在一面工作的情況下，累積這麼長的練跑距離。

回顧過去，到目前為止當月總練跑距離超過一千公里的次數，總共是六次（包含這一次）。其中讓我印象最深刻的是二〇〇七年六月的練跑。

其實在那之前的五月底我才剛舉行完結婚典禮，還處於跟老婆新婚燕爾的時期，但是因為七月下旬要去參加在加拿大舉辦的世界錦標賽，加上我又是上一屆冠軍，所以非得要好好練跑不可。

那時我對於只有我們兩人的生活還不太習慣，在這樣一切都還沒安定的情況下，對於妻子我真的感到非常抱歉。但不管是我或妻子都感覺到，如果因為結婚

而讓別人有機會說：「關家結婚後在馬拉松賽事上就不行了。」可能我們兩人都會覺得不甘心，所以不管別人怎麼想，我就是不顧一切全心投入練跑，我在那一個月累積的練跑距離是一〇二二公里。

接著，七月二十八、二十九日舉辦的世界錦標賽來臨。那場賽事因為路線相當難跑，加上酷暑難耐，可以說是世界錦標賽史上最困難的一次比賽，但我依舊發揮自己的實力，跑出二六三・五六二公里的成績衛冕成功，也是我第三次的世界冠軍殊榮。

或許我大可以結婚做為藉口，說「因為沒時間練跑，所以表現失常」，但正是因為我在這種不利的條件下還能跑出好成績，我到現在都還是為此感到相當自豪，也始終不忘對妻子的感謝。

馬拉松的成績當然不是衡量幸福的標準，不過我非常高興自己能夠滿懷自信地說：「關家因為結婚而在馬拉松上變得更強。」

10月31日（三）
今日總練跑距離：22km
早上：通勤跑 5km
傍晚：回家跑 11km
晚上：往返體育館 6km

11月

本月目標里程數：無

實際總里程數：558 公里

性質：賽前調整期

策略：提高速度，降低距離

62 為了視障跑者的陪跑而訓練自己

兩個月的密集練跑告一段落，這個月開始要進入迎接正式比賽的調整期。基本上我會降低練跑的距離，提高練跑的速度；因為之前的練跑身體也累積了一些疲勞，我希望能藉由轉換練跑形式，同時消除身體的疲勞。

這個月我不設定練跑目標數字，但從以往練跑的距離來看，我想大概會落在五百到六百公里左右。

後天我要為長野縣的視障選手保科清先生擔任全馬陪跑員，陪同他參加「湘南國際馬拉松賽」，今明兩天我就先針對這場賽事，進行一些練跑上的調整好了。

保科先生過去好幾次在三個小時內跑完全馬，在公元兩千年跟二〇〇四年更以日本隊代表選手的身分參加雪梨跟雅典的奧運會，是相當有實力的一位選手。

他現在已經六十五歲了，竟然還擁有三小時十分鐘左右跑完全馬的實力，真不得了。實際上，他在去年的「湘南國際馬拉松賽」上跑出了三小時零八分的成績，所以我也一定要為此備戰才行。

今天晚上我以時速十五公里的速度跑了五公里，還不是很適應這樣的速度，跑起來覺得有點吃力。

不過在後天的比賽上，時速最快大概也只會到十三公里；今天的重點主要是要給身體一些刺激，之後練跑時希望能讓身體慢慢適應速度感。

總之，希望不要扯自己陪跑對象的後腿，好好努力吧！

11月1日（四）
今日總練跑距離：15km
早上：通勤跑5km
傍晚：回家跑5km
晚上：自家周邊5km

63 跑者在換季的時候要留意身體狀況

進入十一月後天氣愈來愈冷，今早開始戴手套練跑。不過中途覺得變熱，最後就把手套脫了下來。

早晚溫差有點大，所以在健康管理方面要比較小心。今天總覺得有點鼻塞，喉嚨也有一點痛，因此上下班的通勤我只跑了最短的距離，晚上也停止練跑，專心休息。

在換季時真的是要多加留意身體狀況。

在我二十年的馬拉松資歷中，只有一次在身體狀況不佳的情況下參賽，那是二〇〇三年年底在美國亞利桑那州舉辦的四十八小時賽。在前往美國比賽的前幾天我感染了諾羅病毒，肚子痛得不得了，而且還發燒，那時有考慮是不是就放棄參賽，但要出發到美國前肚子痛的症狀就消失，我於是下定決心還是跑好了。

抵達美國後身體暫時沒有問題，但是一開跑後肚子又開始變得怪怪的，上廁所的次數異常的多；跑到一百公里後肚子明顯痛了起來，最後只能宣告棄賽，在休息站痛苦地抱著肚子休息。

結果一直到最後肚子痛都沒有好起來，成績不堪入目，我也抱著很不甘心的心情回到了日本。

在那之後將近一個月，肚子的狀況還是很不好，讓我體驗到一種不同於受傷的疾病恐怖。

距離東吳超馬開賽，還有一個多月的時間，我希望此刻身體內若是有什麼不好的東西，都能趁現在趕快排出去。

11月2日（五）
今日總練跑距離：10km
早上：通勤跑5km
傍晚：回家跑5km

64 都六十五歲了，竟還能三小時多一點就跑完全馬！

今天是「第七屆湘南國際馬拉松賽」的開賽日，我擔任了保科清先生的陪跑員。

早上我四點半起床，吃完早餐後，五點四十分從家中出發。到車站的一・五公里路程我用跑的過去，順便暖身一下。

搭上六點零一分發車的電車，中間轉車，剛好在七點時抵達大磯站。從車站到比賽會場的大磯長灘約有三公里路程，我一樣用跑的過去，稍微流了一些汗，身體也熱了起來。

保科清跟他的兒子還有幾位朋友前一晚就先住在位於舉辦場地內的飯店，我到他的房間去，順利跟他會合。

我們早早在開跑的五十分鐘前就往起跑點移動。

這是一場非常大型的比賽，參賽者將近兩萬人，起跑區塊的劃分則是依照報到順序，所以如果不早一點先到起跑點取得好的起跑位置，之後會因為人潮擁擠而很難往前移動，所以我們先提早抵達起跑點。

我們在起跑點等了四十分鐘，九點時宣布開跑的槍聲響起。因為人實在太多的關係，我們是在三十秒鐘後才得以開跑。在那之後的一陣子場面還是非常混亂，我用手抓著伴跑的繩子，左右閃避其他跑者，小心前進。不過開跑五公里後，人潮漸少，我也可以不需要刻意留心周圍的人，只要配合保科清的速度跑就好了。

湘南馬拉松的路線在抵達十八・五公里處的折返點之前，幾乎都是一直線，跑道略有一些起伏，視野一望無際，我們用非常順暢的步調前進。

沿途每隔一公里都有距離標示，保科先生以一公里四分二十秒左右的高配速前進。

起跑時氣溫是攝氏十三度，途中最高氣溫來到十七度，沒有風，是跑馬拉松的絕佳天氣。

抵達折返點後，一直到三十九・五公里處的地方又是一直線，對於陪跑來說是完全沒有障礙的道路。

保科先生在抵達三十五公里處前，依舊一直保持著一公里四分二十秒的高配速，但到了三十五公里處時似乎碰到瓶頸，速度突然大幅下滑。

他一度慢到接近步行、快要停下腳步的速度，但還是堅持到最後，在三小時零九分二十七秒時抵達終點。

雖然成績比起去年慢了一分鐘左右，但是以六十五歲的年紀來說，能以平均一公里四分三十秒的速度跑完全程，真的是相當了不起！

我也希望自己二十年後能用這樣的速度完跑馬拉松賽。

保科清的兒子也一起出賽，兒子也首度在三小時以內完跑全馬，成績很棒。抵達終點後大家一起舉杯慶祝。

這次陪跑對我來說也是很棒的速度訓練，讓我度過了相當充實的假日！

11月3日（六）
湘南國際馬拉松＋暖身跑47km
今日總練跑距離：47km

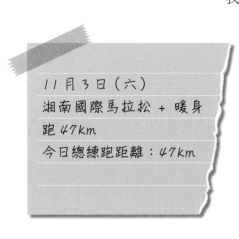

65 使用到不同部位的肌肉

今天早上想要悠閒好好睡一覺，所以沒有設定鬧鐘，但是我在七點前就醒過來了。

上午把這一陣子偷懶沒有掃的房間掃一掃，還割了院子的草，專心做了一些家事；下午出門去買東西。

其實今天是可以完全休息不要跑步的，但是後來覺得昨天的疲勞好像消除得差不多了，所以傍晚就慢慢地慢跑了十公里。

也有人把這稱做是「復健跑」（rehabilitation run），像這樣慢慢地慢跑能緩解肌肉的僵硬，好像反而能讓身體恢復得比較快。

昨天是陪同保科清以三小時多一點的時間，跑完全馬，我很久沒有用這麼快的速度跑了，今天覺得雙腳這也痛那也痛。不過昨天暢快地以高速跑了一場，眼前雙腳的這種痛感倒也有幾分舒服的感覺。

我上次跑全馬是一年前，一樣是在同一場賽事上擔任保科先生的陪跑員。雖然一樣是跑步，但這次跑完再度讓我體認到，跑全馬跟跑超馬時使用到的肌肉真的還是不一樣啊。

我有次跟朋友一起喝酒，結果不小心錯過末班電車，於是決定走十公里的路回家，隔天起床，肌肉相當酸痛。

平常若是只有跑步的話，就鍛鍊不到走路時會用到的肌肉，我就是因為這樣才會肌肉酸痛吧。

我想，之後就花一個月慢慢鍛鍊快跑時會使用到的肌肉吧。

11月4日（日）
今日的練習：
傍晚：自家周邊10km
今日總練跑距離：10km

66 從今天起禁酒一個月

晚上練跑時下起了一陣陣的小雨，接著雨勢慢慢增強，最後我一面跑，一面在雨中被淋得濕答答的。

跑回家之後我才覺得有點後悔，剛才應該要撐傘跑才對的。

對了，我從今天開始到比賽結束的一個月期間決定禁酒。

其實，面對每一次重要的賽事前我都會禁酒，並不是只特定限於這一次而已。主要是要讓內臟維持在一個良好的運作機能狀態，與精神層面或是宗教沒有任何關係。

我從幾年前開始就這麼做了，一開始只是「減少喝酒的量」，盡可能降低酒精的攝取，而不是完全的「禁酒」。兩年前我偶然在比賽的前一個月完全沒喝酒，那時感覺出賽時身體狀況相當好，成績也很令人滿意，所以從那之後我就決定在比賽前完全禁酒。雖然我每天晚上都一定會喝啤酒，但也不是個大酒鬼，所以要戒的話是可以說戒就戒的，不太會因此而有壓力產生。

最近像是「無酒精啤酒」之類的飲料也相當好喝，如果碰到聚會需要喝酒的場合，我就喝這個來跟大家同歡。

而且也拜禁酒之賜，跑完比賽後喝的啤酒嚐起來更加美味。

為了能在一個月後可以舉杯慶祝，今後也要好好努力投入練習！

11月5日（一）
今日總練跑距離：26km
早上：通勤跑 5km
傍晚：回家 11km
晚上：自家周邊 10km

67 看牙齒

早上下起了不小的雨，於是我暫停早上的通勤跑，搭同事的便車去上班。到了傍晚要回家時雨還在下，不過已經變成了毛毛細雨，所以我傘也不撐，就這樣跑回家。

回家的路上，順道跑到了牙科診所去看牙齒。倒也不是牙齒有哪裡在痛，而是兩個星期前，以前補過牙的地方裡頭的填充物掉了出來，所以再去給醫生補一次。

大概是因為我很喜歡吃甜食吧，以前我蛀牙很多，大概每隔兩年就要去給牙醫治療一次。

二〇〇一年東吳超馬出賽時間正好跟牙醫治療的時間重疊，那時牙齒只要咬到東西就會痛。因此開跑前我吃了醫生開給我的止痛藥。可能是藥效發作的關係吧，跑步中不僅完全感受不到牙痛，甚至連身體跟腳也都幾乎感覺不到痛，讓我跑得非常順暢。

在這場比賽之前，我不曾在比賽期間吃止痛藥，可能是那次暢快跑完的感覺太讓人食髓知味了，在那之後我只要出賽時都會把止痛藥帶在身上。

但是要非常小心的一點是，吃止痛藥必須僅限於「感到疼痛」時。

接下來這陣子，我大概每個星期都會去看一次牙醫，希望能在參加二〇一二東吳國際超馬賽事之前完成治療。

11月6日（二）
今日的練習：
傍晚：回家通勤跑 13km
今日總練跑距離：13km

68 跑得愉快才是最重要的事情

每週一次的有氧舞蹈課程，今天是最後一堂。

因為體育館的場地跟指導老師的時間等等的因素，之後要等到一月中旬才會開課。

因為是最後一堂課，所以老師帶了比較難的動作，讓大家跳得很開心。遺憾的是，大部分的學生（包括我在內）都只有初級程度，所以能跟上老師動作的人並不多，有點可惜。

反正跳不好沒關係，只要跳得開心就好了，我就一面苦笑，一路揮汗跳到最後。

如果是在有鏡子環繞的狀況下，那還可以及時確認自己的動作，但在體育館的環境裡頭沒辦法進行確認，所以比較細微的動作我就馬虎帶過去了。

學生當中也有些人的動作明顯跟老師的動作不一樣，不過他們乾脆就大膽地自顧自跳著，自己跳得開心的話，倒也無妨。

其實，跑步這件事情也是一樣，姑且不論姿勢或是速度，總之跑得愉快是最重要的事。

我想之後暫時就先只進行跑步這項運動，不過像是仰臥起坐或是伏地挺身這類的補強運動也還是盡可能做一點。

跑步本身就是一項很基本的運動，光是跑步就能鍛鍊到身上許多處的肌肉，但是光只靠跑步也還是有其限度。

目前密集練跑的階段已經過去了，時間上變得比較充裕，我想藉此機會趕快開始進行肌肉的補強運動。

11月7日（三）
今日總練跑距離：22km
早上：通勤跑 5km
傍晚：回家 11km
晚上：往返體育館 6km

69 我們在賽道上共同度過的時間

從今天起整整一個月之後，就是東吳國際超級馬拉松賽的開賽日了。參賽選手名單已經發表了，比起往年，今年有比較多我認識的人參賽，讓我很高興。

出賽的日本選手我都認識，名單上我也看到了許多我認識的台灣跑者，衷心期待到時和他們的會面。

我於二〇一二年三月在台灣跑步環島時，跟許多跑者有深入的交流。能夠在賽事上和舊識再度連絡感情，也是超馬的魅力之一。

繞著跑道跑的二十四小時賽最吸引人的地方，就是所有人能在同一個場地，一起擁有共同度過的時間。

像斯巴達松跟惡水賽這種單程路線的比賽，因為每個人速度不一樣，能和其他跑者碰面的機會只有在起跑跟抵達終點時；但如果是繞著跑道跑的話，就算速度落差再大，還是隨時能看到其他跑者的身影，不會是只有自己一個人在跑，反而能和其他跑者透過眼神交流。

還有，連同補給員以及所有的義工們，這種「大家一起成就這個比賽」的一體感也很棒。

我在過去十年參加的東吳賽事中，總計繞行了跑道六千圈以上，也希望今年能夠一圈一圈地持續增加累積圈數。

預計出賽的選手們，到時還請多多指教了！

11月8日（四）
今日總練跑距離：16km
早上：通勤跑5km
傍晚：回家11km

70 秋天的流感

月初時，覺得喉嚨有點痛，還有點鼻塞的症狀，後來喉嚨痛的症狀緩和下來，可是到現在鼻塞還沒好轉。

我的身體並沒有特別感覺到倦，跑步的狀況也很好，所以妻子就問我：「你會不會是花粉症？」

確實，我以往每年到三、四月時就飽受花粉症之擾，噴嚏跟鼻水都停不下來。不過這幾年我已經完全痊癒，再說現在是十一月，怎麼可能會是花粉症呢？所以我心裡並沒有把這次的症狀當一回事。

但是出乎意料地發現，這個時期罹患花粉症的人也不少，讓我不禁開始懷疑：「難不成我也是？」

不過目前的症狀只有流鼻水，並不會噴嚏打個不停，症狀還算輕微。

除了花粉症外，到了這個時期必須要小心的是流感病毒。

我沒有得過流感，但因為顧慮到女兒年紀還小，要是不小心感染的話會很麻煩，所以我在去年年初去接種了預防疫苗。

今年我也想在流感開始流行前去接種。

二〇〇九年春天「新型流感」肆虐。就在流行的高峰時期，我為了參加比賽要前往法國，那時在成田機場跟轉機的韓國仁川機場都設下非常嚴密的檢查，看到不少人都戴著口罩。

特別是在仁川機場還得填問診表，讓人感覺他們面對流感防護相當嚴密，但到了法國，根本看不到有人戴口罩，讓人覺得落差很大。

面對疾病每個人的看法或許各不相同，我自己則是抱著「有備無患」的想法來對應。

11月9日（五）
今日總練跑距離：26km
早上：通勤跑 5km
傍晚：回家 11km
晚上：自家周邊 10km

71 我舒服的配速是一公里五分鐘

今天是相當晴朗的秋日，早上七點我從家中出發練跑。

今天跑的是週末時常跑、路面起伏不少的二十四公里路線，我用跑起來自己感到相當舒服的配速完跑。

當然上坡路跟下坡路的配速會不一樣，但我剛好兩個小時跑完，平均來說是一公里五分鐘的配速。

這個配速跟我跑二十四小時賽前半局的配速差不多，我大致上從開跑到第十二個小時都維持這樣的配速。

我在世界錦標賽時的配速也差不多是這樣，所以常被國外的選手揶揄說：「You are machine!（你根本就是一台機器）」

我只要意識到要用讓自己感到舒服的配速來跑時，速度就會自然而然地落在一公里五分鐘。我認為每個人都有一個「自己最習慣的配速」，也覺得在跑二十四小時賽時──特別是前半局時──用自己最習慣的配速來跑會比較好。

有些選手會想要跟在其他選手後面，把他當作自己配速的基準跟著跑。這種策略乍看是非常輕鬆，但是自己卻也會因此忽略了自己本身的步調，導致自己的跑步節奏被打亂。我曾看過不少選手採用這種盯人策略之後，卻導致自己在比賽的後半局棄賽。

其實從比賽的中盤開始，如果受到他人的配速影響，光是這樣就會讓自己感到疲累。

假設在二十四小時賽裡，從頭到尾都用一公里五分鐘的配速來跑，最後的成績會是非常漂亮的二八八公里。但就算是這樣，還是遠不敵希臘超馬選手、被譽為跑者之神的柯羅斯（Yiannis Kouros）創下的世界紀錄：三〇三．五〇六公里。

我再度深深體認到這項紀錄是多麼偉大。

11月10日（六）
今日的練習：
早上：自家周邊24km
今日總練跑距離：24km

72 用配速跑來調整自己的感覺和速度

今天我開車前往距離自家六公里外的公園，繞一圈二・六公里的路線進行配速跑，這種練習的主要目的，是為了確認目前配速的感覺跟自己的速度。

我先以十一分鐘跑完一圈的速度（約等於一公里四分十四秒的配速），在八點鐘開跑。

而且我今天還用碼表確實地逐一紀錄下每圈的時間。以下就是每圈時間的分段紀錄表列。

圈數	該圈耗時（分秒）	累計時間（時分秒）
1	11’05”	11’05”
2	11’05”	22’11”
3	11’07”	33’18”
4	11’02”	44’20”
5	11’13”	55’34”
6	10’51”	1:06’26”
7	11’01”	1:17’27”
8	10’59”	1:28’27”
9	10’54”	1:39’21”
10	10’54”	1:50’16”
11	10’57”	2:01’13”
12	10’57”	2:12’10”
13	10’53”	2:23’04”
14	11’00”	2:34’04”
15	10’44”	2:44’49”

以配速跑來說，這樣的時間看起來略嫌零零落落不一致，原因是今天公園內正好在舉辦一個大型活動，我為了避免撞上人群，好幾度被迫慢下腳步或是停下腳步，無法以穩定的配速來跑。

這次練跑的速度比上次在馬拉松賽上陪跑時的速度還要稍快一些，身體的動作也變得比較順暢，今天跑起來覺得比較輕鬆。

希望之後週末配速練跑的狀況能夠愈來愈好。

也因為公園裡頭的活動看起來很有趣，我回家後又帶著妻子跟女兒再去了一趟公園。

在公園舉辦的農特產展示活動中，可以用很便宜的價格買到新鮮的蔬菜，還有很多針對小朋友舉辦的活動，母女兩人看起來似乎都相當滿足。

能讓家人感到高興，我就覺得自己早上出來練跑是有價值的。

11月11日（日）

今日的練習：

早上：繞公園跑 2.6km×15 圈 =39km+ 慢跑 2km

今日總練跑距離：41km

73 一起練跑的人，就是「吃同一鍋飯的好友」

平常總是一個人練跑的我，以前其實有一段時期固定每週都會參加練跑會，在田徑場上練跑。

這已經是十年以前的事了，我每週固定兩次會到國立霞丘田徑場（也是一九六四年東京奧運會的主會場），在田徑教練的指導下進行練跑。

練跑從晚上六點半開始，為時一個半小時，我五點下班後就搭一小時的電車前往東京，每次都趕在練跑就要開始前才驚險抵達。

練跑內容每次都不一樣，有間歇跑、配速跑、漸進加速的 build-up run、計時跑等等，主要是以速度的練習為主，我就和其他數十位的跑者一起揮汗、互相較勁。那時我已經開始跑超馬了，但我同時也想要提升全馬的紀錄，從教練和跑友們身上獲得很多帶來良性刺激的建議，大家一同致力於練跑。

另外，練跑後我們幾個朋友會到附近的餐廳一邊喝啤酒，一邊暢談馬拉松，度過相當愉悅的時光。

那時也還曾經和那些朋友到外地過夜，進行集訓呢……

之後我換了公司，也將跑步的重心轉移到超馬，就沒有繼續參加練跑會了，不過直到現在我都還是有和當時一起揮汗的朋友們保持交流、聯絡。

他們對我來說就是「吃同一鍋飯的好友」或是「戰友」這樣的感覺。

我希望可以永遠珍惜這種透過共同的興趣培養起來的友誼。

11月12日（一）
今日總練跑距離：20km
早上：通勤跑 5km
傍晚：回家跑 5km
晚上：自家周邊 10km

74 嚼口香糖

下班跑回家時我順道去看了牙醫，比起往常練跑的距離多繞了一些遠路。我從上週開始看牙醫，除了要補牙的地方之外，並沒有蛀牙，所以今天第二次的回診就能完成療程。

對於運動選手來說，牙齒也非常重要，我也希望之後能好好照顧牙齒。這次牙齒的填充物會掉出來，是因為一面工作一面嚼口香糖的緣故。那時我正咬著口香糖，突然覺得咬到了某個硬硬的東西，拿出來一看，發現牙齒的填充物黏在口香糖上面。

我工作的時候，無時無刻都在嚼口香糖。

藉由咀嚼的動作可以強化牙齒、鍛鍊下顎部的肌肉，除此之外聽說還能促進新陳代謝、活化大腦，讓身心放鬆。我感覺愈是經手麻煩的工作時，愈能期待嚼口香糖帶來的一些效果。另外，我也常在想睡的時候嚼口香糖。

跑超馬碰到非常想睡覺時，我也經常嚼口香糖。

口香糖曾經好幾次在賽事中成功幫助我擺脫睡意。跑者如果想要邊跑邊嚼口香糖的話，還要注意避免嚼口香糖嚼過頭，卻忽略了食物的補給。因為嚼口香糖的時候或許勉強還可以喝水，但是卻無法一面嚼一面吃東西。

我也曾經不小心把口香糖給誤吞下去，這樣對於跑步是不至於產生影響，只是心裡有種怪怪的感覺，會持續一陣子。

我想，可以再多想想其他能將口香糖活用在比賽上的方法。

11月13日（二）
今日總練跑距離：18km
早上：通勤跑 5km
傍晚：回家跑 13km

75 人生的選擇有時是很偶然的

工作上的忙碌到了上週總算告了一個段落，這個星期還算滿悠閒的。但是因為工廠材料的訂單跟交貨的時間問題，從下星期開始又會變得很忙。拜這個閒暇時間之賜，我把歷年來至今參加過的超馬賽事（超過四十二・一九五公里的比賽）算了一下，我總共參加過八十四場比賽。

我的第一場超馬賽是一九九四年六月參加的北海道左呂間湖百公里賽，也就表示這十九年來，我每年平均會參加四場以上的超馬賽，下個月的東吳國際超級馬拉松賽將是我的第八十五場比賽。

我在一九九二年開始跑步時，「超馬」這個名詞連聽都沒聽過。

當時我的終極目標是「鐵人三項」，那時一直想著有一天一定要挑戰看看，但可惜的是我很不會游泳，就在我搖擺不定時，不小心迷上了超馬。

之後我在馬拉松比賽之間的休養期，開始找機會練習游泳，後來也總算可以給我游出五百公尺的距離。假設我一開始就很會游泳的話，或許就能很輕易地開始挑戰鐵人三項，也就不會挑戰超馬了。

這就是所謂的「塞翁失馬，焉知非福」吧。

我透過超馬認識了非常多的人，也獲得許多相當寶貴的經驗。

我希望在出賽數達到一百場之前，能夠繼續在超馬的舞台上獲得各種體驗、多加學習。

11月14日（三）

今日總練跑距離：20km

早上：通勤跑5km

傍晚：回家跑5km

晚上：自家周邊10km

76 跑者的義務就是出賽前自己要做身體檢查

因為廠裡沒有什麼特別的工作要忙，所以今天上午工作告一段落之後，我就先回家了。下午我前往東京去辦兩件事情。

首先是先去拜訪做鞋墊的專家，請他幫我調整平常使用的鞋墊。

我使用的鞋墊都是量身訂製的，但是用久了鞋墊會有磨損，必須定期請人修復。

這次除了要調整現在用的鞋墊，還要再請他重新幫我做一個新的，在比賽時我想要用穿起來感覺比較舒服的那個鞋墊。

之後我拜訪了內科醫生。

這位醫生跟我有十年的交情，我在大型比賽前都會去找他確認身體狀況，進行血液、尿液跟心電圖的檢查。

以前我曾經有機會和一位名叫近藤公成的選手聊天，他是日本百公里馬拉松的前紀錄保持人，同時也是長年來代表日本、在百公里馬拉松賽事上相當活躍的選手。他在比賽前一定會去做健康檢查，他對我說：「這是做為跑者的義務。」

所以那次和他談了之後，我也如此身體力行，出賽前自己一定會先去做身體檢查。

當然過去的檢查結果資料全部都由醫師保管，只要和過去的資料對比，就能客觀知道自己現在的身體狀況究竟如何，做為之後在賽事上決定該怎麼跑的依據。這些訊息，對選手有相當大的幫助。

血液檢查的結果要幾天後才會知道，不過心電圖跟尿液檢查基本上沒問題，就我自己「主觀的感覺」看來，身體狀況相當良好。

我從東京搭車回家時剛好碰到下班尖峰時間，電車裡真的是擠得不得了。

我覺得相較起來，用跑步通勤真不知輕鬆了多少倍呢。

11月15日（四）
今日總練跑距離：10km
早上：通勤跑5km
傍晚：回家跑5km

77 我想重新從一公里開始跑

日本目前持續著一股馬拉松熱潮，盛況空前，每一場賽事都在開放報名後不久就馬上秒殺額滿。我們公司也有一位同事說他「最近開始跑步了」。

他的興趣本來是登山，對於體力頗有自信，但是我聽說他好像把跑步距離拉到五公里時，膝蓋就痛了起來。

我向他提出建議：「與其勉強自己跑，用走的會來得比較好喔。」但其實我也是相當了解在熱衷於跑步時，會出現「急著想要跑得更快、跑得更久、跑得更遠」的心情。

希望他今後也能適度搭配走路和休養，同時也顧慮到自己的健康，盡可能長久地跑下去。

那位同事問我：「關家先生一天大概跑幾公里？」我誠實回答說：「二十到三十公里。」他聽了驚訝地瞪大了雙眼。

因為我每天都在跑步，所以會覺得這是很稀鬆平常的距離，不過以一般人的角度來看，每天持續跑這樣的距離真的是很辛苦的事。

回想起一九九二年六月的某日，我突然萌生一個念頭：「好吧，我從今天開始來跑步！」跑步路線是自家周邊的一公里路。

那時我穿著短袖T恤、運動褲，脖子上還捲著一條毛巾，自信滿滿地從家裡出發，結果沒想到五分鐘左右就跑完一公里，回到家時，我媽還笑我：「你到底是出去做什麼的呀！」

對於當時完全沒有跑步習慣的我來說，一公里在我心目中是相當長的距離。不過隨著跑步資歷的累積，對於距離的感覺真的會跟一般人的感覺有所出入，我一想到二十年前的我是從一公里開始跑的，就覺得深有感觸。

這次的比賽結束後，我想抱著重新迎向下一個二十年的心情，再從一公里的距離開始練跑。

11月16日（五）
一天總練跑距離 20km
早上：通勤跑 5km
傍晚：回家跑 5km
晚上：自家周邊 10km

78 女兒穿著和服，參加了為她舉辦的七五三儀式

今年女兒滿了三歲，為了慶祝她的成長，我們進行了七五三的參拜儀式。所謂的七五三儀式，是日本自古以來就有的節日儀式。當孩子分別滿三歲、五歲、七歲的時候，父母及家人為了慶祝孩子順利長大，同時也為了祈禱孩子今後能夠健康成長，會帶著孩子到神社參拜，為孩子祝福。

上午時親戚們聚集起來，第一件事就是去照相館拍紀念照。

女兒因為頭髮被細心紮了起來，又是生平第一次化妝，還穿上了和服，整人看起來很高興，興奮不已。

我們全家人一起在照相館拍了一張很棒的照片。

之後，我們就到附近的神社，先接受去穢氣的淨化儀式，接著神社的祭司為我們唸了禱詞。儀式進行時，氣氛相當莊嚴肅穆，就在此時，女兒小小聲說了一句：「我肚子餓了。」不僅我和我太太，就連隔壁一同前來參拜的陌生人也不禁笑了出聲。

儀式結束後，我們和親戚們一起吃飯，女兒如願以償吃到了烏龍麵。也不曉

得女兒到底是像誰，她比身邊同年紀的小朋友們都要來得高，體重也逐漸遞增，要抱她雖然已經變得有點辛苦，但還是希望她今後就這樣不斷地快快成長下去。

我原本想要在今天下午練跑的，但下午剛好下起了不小的雨，體育館也因為舉辦活動的關係無法使用，所以就把今天當做難得的休養日，好好地休息。

11月17日（六）
今日的練習：0 km
對女兒的愛：★★★★★

79　感覺不舒服的話就要及時休息

承襲上週的練跑內容，這個週日也繞著公園進行配速跑。今天預定以十分四十五秒的速度跑完一圈，總計要跑十二圈，共計三二・二公里，也就是以一公里四分零八秒左右的速度來進行配速跑。但不曉得是不是昨天中午吃了太多壽司，一早就覺得肚子不太舒服，跑了好幾次廁所後，才在早上十點開跑。

總之我就先照預定的配速來跑，但是在跑完第五圈後，肚子又開始痛了起來，痛到得去上廁所，最後在結束第六圈後，我把計時的碼錶按下暫停，連忙趕去上廁所。

之後原本想要回到跑道上繼續跑的，但我判斷自己今天狀況不太好，於是決定跑到這裡就好，中止了接下來的練習。

回到家後我沖了澡，才稍微歇了口氣，就覺得一陣畏寒。用體溫計量了體溫後，發現有一點發燒，三十七・六度，下午本來預計要跟家人去逛購物中心的，結果也取消，睡了將近兩個小時。

因為小睡的關係，身體變得比較舒服，到了晚上體溫回復到正常的三十六・四度，肚子也不痛了。

我想是及時的休息奏效，才得以讓身體狀況沒有惡化下去，真是讓人鬆了一口氣。

今天沒有跑到的份，我想等到下週一起補回來，希望能在接下來的備戰期間能畫下完美的句點。

今天跑的六圈中，每圈花費的時間（分段時間）如下：

11月18日（日）
今日的練習：
早上：繞跑公園2.6km
×6圈=15.6km＋
慢跑
今日總練跑距離：18km

圈數	該圈耗時（分秒）	累計時間（時分秒）
1	10’ 40”	10’ 40”
2	10’ 49”	21’ 30”
3	10’ 44”	32’ 15”
4	10’ 43”	42’ 59”
5	10’ 49”	53’ 48”
6	10’ 49”	1:04’ 37”

80 腦裡面的「想像訓練」可以幫助跑步

昨天晚上九點半上床睡覺，今天早上六點起床。

因為睡得很好，早上起床時覺得身體完全回復正常了。

今天是入秋以來最冷的一天，真的讓人覺得很冷，但是還好肚子痛跟感冒的症狀都就此打住了。

下班跑回家後，在夜間的五公里練跑時，我採取的跑法跟湘南國際馬拉松賽前兩天練跑的方式一樣，用跑計時賽的感覺奮力來跑。

晚上練跑的路線有一個平緩的下坡跟一個較陡的上坡，還會經過兩個平交道，路上有好幾處障礙，不過人車都少，只要沒有被平交道擋下來的話，就可以不間斷地一口氣跑完五公里。

平交道在一小時內上下行各有三班電車通過，也就是大概十分鐘左右就會被擋下來一次，不過我上一次跟這一次都抓準了時機順利通過。

上次十一月一日練跑時，同一條路線跑了二十分十四秒，今天則是跑了十九分四十八秒，讓我再度確認身體的靈活度變得更好了。昨天跑到半路就放棄的不暢快感也一掃而空。

我在二〇〇二年參加斯巴達松之前，因為是夏天的關係，一直覺得狀況很低迷，到了九月時還是覺得身體很沉重，心想這下真的慘了，不過後來我在大賽的前兩週進行了三十公里的配速跑，跑得非常順利，我就在這樣的感覺下站上比賽的起跑線，覺得自己可以就這樣一路順暢跑到終點，獲得冠軍。

在今後的備賽過程中，我想，腦裡面的「想像訓練」（image training）也是非常重要的一環。

11月19日（一）
今日總練跑距離：21km
早上：通勤跑 5km
傍晚：回家跑 11km
晚上：自家周邊 5km

81 失敗真的是成功之母

這幾年在比賽前進行賽前調整時都很順利，不過，以前的我進行賽前調整時，其實是累積了不少的失敗經驗。

其中讓我印象最深刻的，是二〇〇五年五月十三日到十五日在法國舉辦的四十八小時馬拉松賽的賽前調整。

那一年的三月五、六日有東吳國際超馬賽，我在該場賽事以二六四・四一公里的成績取得優勝，比賽結束後回國沒有好好休息，就又開始繼續練習。

三個半月後，我每個週末都進行LSD（長距離緩慢的跑）的練習，但是身體的疲勞感一直無法消除，狀況一直很低迷。

後來在比賽前的三個星期，我往返江之島進行練跑（當時跑八十公里），反而讓狀況更為不佳，最後我是在身體相當疲憊的情況下出賽。

不出所料，比賽結果不堪入目，只跑出了二六五・三九九公里的成績，跟二十四小時的成績幾乎是相去不遠。

我在自我反省後發現，在三月的比賽後我應該好好休息一陣子才對。此外還想到的是，在賽前也應該要避免ＬＳＤ的練跑。

檢討起來，那年的三月到四月我身體的疲勞感一直無法消退，這跟跑完東吳超馬後累積了過多疲勞有關；再來就是，那時我應該要趁身體還沒有承受過大傷害之前就要休息，這樣子身體恢復的才會比較快。

另外，在賽前想要練跑長距離的話，不應該練ＬＳＤ，而是應該以跑賽事的配速來練跑，給予雙腳適度的刺激會比較好。

在法國遭受挫敗之後，同一年的幾場比賽就像是產生了連鎖效應一樣，七月的二十四小時世界錦標賽、十一月在美國加州聖地牙哥舉辦的二十四小時賽，都以失敗告終；不過在這一年我親身體驗並且學習到的事，反而幫助我在隔年之後的比賽上都取得好成績，所以就長遠的眼光來看，「失敗學」也是必要的。

11月20日（二）
今日總練跑距離：20km
早上：通勤跑 5km
傍晚：回家跑 5km
晚上：自家周邊 10km

82 我的鞋子與水泡的預防

我從上個月初開始穿的鞋子，跑起來感覺相當不錯，我趕快又加碼多訂了三雙。

我已經好久沒有碰到穿起來這麼合腳的鞋子了，所以下個月的比賽我也打算穿這雙鞋來跑。

至今我在二十四小時賽上跑出超過二六〇公里的紀錄共計有十二次，其中全程腳上沒有長出水泡的只有一次。

那是二〇〇四年十月在捷克舉行的二十四小時世界錦標賽，那時我也是覺得那年夏天開始穿的鞋子非常合腳，在有起伏或是有急轉彎等路況多變的道路上，這雙鞋從頭到尾都充分發揮了機能。

防止水泡發生的一個對策，也是鞋子的製造商不斷強調的一點，那就是「把鞋帶綁好，讓鞋子貼腳」。但是每個人的腳形都不盡相同，我覺得把本來就不合腳的鞋子綁得太緊，反而會造成問題。

舉例來說，把鞋帶綁緊，有時會在腳趾甲或腳踝等預料外的地方產生摩擦，腳的浮腫加上本來就綁緊的鞋帶，會讓腳更加不舒服，產生難以忍耐的疼痛。我認為跑的距離愈長，這樣的風險就愈大。

我在二〇〇四年的世界錦標賽上穿的那雙鞋，鞋帶就算稍微綁得緊一些，貼合感還是讓人覺得很舒服，所以在那場賽事上我就綁緊了鞋帶出賽；但是之後就一直碰不太到非常合腳的鞋子，跑步時只要稍微把鞋帶綁得鬆一些，腳就會長水泡。

睽違了一段時間，這次我想試著把鞋帶綁緊一些出賽。

11月21日（三）

今日總練跑距離：19km

早上：通勤跑 5km

傍晚：回家跑 14km

83 擬定練跑計畫時要注意的事項

說到每天練跑的內容，我通常是在早上通勤跑到公司時，邊跑邊擬定這一天下班跑回家的距離，以及晚上練跑的內容。

平常練習時，只要不下雨的話，我一定會確實執行的就是早上五公里的通勤跑，我也會趁這個時候邊跑邊想今天工作上要處理的事，以及下班後的行程。

此外，我也會趁此時評估跑步的狀況，來擬定晚上的練跑內容。

雖然身體基本上會透過前一晚的睡眠消除疲勞，重新獲得活力，但有時跑起步來就是會覺得身體很重，或是感覺到讓人不適的疼痛，這就表示身體內部有殘存的疲勞，這種情況下，晚上我就會安排比較輕鬆的練跑。相反地，早上起來若覺得神清氣爽，比平常還要早到公司的話，晚上我就會想稍微使勁去跑，看是否能提升整體狀況。

當然，每個月大略的練習主題我都會先計畫好，例如當月是要強調密集練跑期、調整期還是屬於休養期等。但是如果把好幾天後的練習內容都很細地排出來的話，就很容易因而無視自己身體每天的情況，盲目且固執地一味執行，這一點要多加注意。

身體狀況會因練習的量與質，還有工作、天候等等其他的因素，每天有所變化，所以我也希望自己培養出能夠客觀判斷自身狀況的覺察度。

對我來說，每天早上跑到公司的五公里通勤跑，就像是能夠測量出我的健康和身體狀況的晴雨計。

11月22日（四）
今日總練跑距離：21km
早上：通勤跑 5km
傍晚：回家跑 11km
晚上：自家周邊 5km

84 長距離賽事的補給方式

今天在日本是一個名為「勤勞感謝日」的節日，但是我們公司全員都要上班。我因為下午有事情要辦，於是在上午就把工作結束，休了半天的假。

今天一早看起來就好像要下雨的樣子，我決定開車上班。雨停後，我在晚上出去跑步，讓自己流了一些汗。

下午要辦的事情結束後還有一些空閒時間，所以我在回家路上順道繞到超市去，為東吳超馬賽採買一些東西。

今天買了六罐兩百毫升裝的綠茶、一包梅乾、一袋巧克力、五包袋裝的白飯、三包咖哩調理包、三碗小碗的泡麵、一袋茶泡飯海苔、一罐即溶咖啡等。

那六罐綠茶不是因為綠茶本身買的，而是為了容器而買的，我在正式比賽時，四百公尺的跑道每跑三圈後，就會攝取一次水分，喝掉的量約莫是兩百毫升容器裡頭的一半。補給員會交替著把水、可樂、運動飲料等補給飲料遞給我。

此外，我大概每隔四小時左右，會在跑完一圈的過程中一面補給咖哩飯、三角飯糰或是泡麵等，另外，還會頻繁地補充巧克力和梅乾等，盡可能讓自己不要感到肚子餓。還有，我也會不時拿比賽中常備的補給水果來吃。

但儘管已經像這樣擬定了綿密的計畫，到了賽事後半時，有時還是會因為內臟產生問題，導致吃不下東西。

不過，此時就會因為你當下的臨機應變是否得當，使得最後的比賽結果產生很大的不同。我認為這種克服的過程就是跑超馬的精髓所在。

我覺得比起「該準備些什麼」，最重要的其實應該是「不管發生了什麼事都能處變不驚的心態」。

在出國前我應該還會再出去採買幾次，所以上述的食品中，或許有一些最後不會帶，或者也會再買些別的東西。我之後會一面預想比賽狀況，一面準備行李。

11月23日（五）
今日的練習：
晚上：自家周邊13km
今日總練跑距離：13km

85　透過跑步認識了許多很好的朋友

我們公司每個月都有一個週六必須上班。今天就是這樣的日子。

昨天是國定假日，大部分的公司連同昨天的假日，共有三天的連休，但我下個月參賽期間必須請假，所以休假前必須加緊趕工把工作先做完不可，想到這就覺得來上班正好。

下個月去參賽是我第十六次造訪台灣。

在這十六次中，以觀光為目的而造訪的就只有一次，其餘全部都是因為參加比賽或是環台跑步的關係。這也顯示了在我的跑步生涯中，台灣是有多麼重要了。

我計算了一下我到國外的次數，把其他國家也算進去的話，總共是六十二次，下個月來到台灣就是第六十三次了。

我每次出國都有種種不同的目的，有時是純粹觀光旅行，有時是參加了滑雪或是潛水的旅行團，但是最多的還是為了參加馬拉松賽而出國，總計有四十七次。

雖然有人會跟我說，你花了那麼多錢跟時間，好不容易到了國外，不去著名景觀或是歷史古蹟等觀光景點也太可惜了，但我認為旅行的醍醐味，也就是最精髓的地方，就在於與當地人還有自然的交流，所以就這個層面來看，我覺得跑馬拉松是最有意義的「旅行目的」了。

至今透過馬拉松我認識了許多人，也交到很多國外的朋友。

我很感謝這些朋友，他們的存在讓我的人生變得更加豐富。

下個月我就要參加「第四十八次的馬拉松旅行團」前往台灣，我現在非常期待可以跟許多老朋友敘舊，認識新的人，同時體驗許許多多無可取代的經驗。

11月24日（六）
今日總練跑距離：16km
早上：通勤跑5km
傍晚：回家跑11km

86 本月的練習有「畫下完美句點」的感覺了

今天繞著平常練習的公園跑，用配速跑的方式跑了二十六公里。

上星期因為身體不適的關係沒辦法跑完，今天以同樣的配速為目標，用一圈十分四十五秒（也就是一公里約四分零八秒）的速度前進。

以下是每圈所花費的時間（分段時間）：

今天身體狀況很好，跟上星期那種虛弱的樣子完全不一樣，用這個配速來跑感覺相當輕鬆，一直到最後都覺得狀況相當好。

最後一圈我稍微加快了速度，腳步、呼吸還有身體全身都能夠確實應對，讓我感到相當滿意。

圈數	該圈耗時（分秒）	累計時間（時分秒）
1	10’ 46”	10’ 46”
2	10’ 46”	21’ 33”
3	10’ 42”	32’ 15”
4	10’ 40”	42’ 55”
5	10’ 42”	53’ 38”
6	10’ 39”	1:04’ 18”
7	10’ 43”	1:15’ 01”
8	10’ 43”	1:25’ 45”
9	10’ 45”	1:36’ 30”
10	10’ 04”	1:46’ 34”

總算有個「畫下完美句點」的感覺了。

下午全家人一起出門去購物，我也趁機採買了比賽要用的東西。

今天買的是比賽用的襪子、凡士林跟四瓶能量營養飲料。

襪子我以前穿的是五趾襪，使用之後感覺到五趾襪雖然貴，可是對於預防水泡卻沒有什麼效用，所以我最近總是買便宜、比較厚的襪子。

凡士林是膏狀的，比賽前我會在腳底跟大腿等處可以塗抹的地方塗滿凡士林。

能量營養飲料主要是為了在賽事後半食慾低落時做為營養補給用。

雖然每一場比賽狀況不一，但我大致上都會喝個一到兩瓶，為了安全起見還是多準備了一些。

我想差不多也是時候把行李箱拿出來，開始準備行李了。

11月25日（日）

今日的練習：

早上：繞跑公園2.6km×10圈=26km+慢跑

今日總練跑距離：28km

87 一時的鬆懈就會讓身體出狀況

早上下著滴滴答答的小雨，原本想撐著傘跑去上班的，但是天氣預報說從早到晚都會下大雨，所以今天還是乖乖開車去上班。

果不其然，天氣狀況正如預報，雨勢在上午變得很大，到了下班要回家的時間也不見減緩，看來我相信天氣預報是正確的。

入夜後氣溫其實滿低的，在這種季節若是勉強自己練習，結果讓身體出狀況的話，也不能怪別人。

今天到家的時間比平常還要早，所以我就直接前往家附近的醫院，接種流感疫苗。

今年的流感還沒進入高峰期，不過看看時間似乎也差不多是流感要開始流行的時期，還是早一點打疫苗讓人比較安心。

小孩子是比較容易得到流感的，所以我其實是很想帶女兒一起過去，但是她最近有感冒的症狀，身體看起來很不舒服，所以最後還是決定過幾天再帶她去打疫苗。話說回來，去年的這個時候我太太跟女兒都感冒了，每天都咳得很嚴重，我因為完全都沒受到影響就有些輕忽，結果要出發到台灣的前幾天就開始覺得喉嚨怪怪的。

後來因為狀況沒有惡化，所以最後對比賽是沒有造成影響，但是日本隊的井上明宏教練還是苦口婆心的跟我說：「碰到這種情況，就算在家裡也要戴口罩。」

總之，一時的鬆懈就會引發身體的狀況，現在距離比賽還有十二天，希望自己可以小心謹慎地度過。

11月26日（一）
今日總練跑距離：10km
早上：通勤跑 5km
傍晚：回家跑 5km

88 比賽當中我需要的藥

我平常沒有固定用藥的習慣，但在比賽過程中會依據情況吃好幾次藥。

首先是比賽前的整腸錠。

吃整腸錠是希望能夠防止腹瀉，在比賽中每間隔六小時我會吃一次。

以前我在比賽時，有曾經因為拉肚子而導致慘敗的經驗。後來學乖了，整腸藥不能忽略，我覺得最近出賽時跑廁所的次數變得比較少。

再來是止痛藥。

當然，止痛藥必須是「在比賽中出現難以忍耐的疼痛」這種情況下，我才會服用。原因很簡單，止痛藥吃了會對胃會造成負擔，所以如果身體某部分出現痛苦，我都盡可能忍到無法忍受時才吃止痛藥。

二〇〇八年我在韓國參加二十四小時世界錦標賽，開跑後還不到兩小時，左小腿就出現了劇痛，其實左小腿從以前就讓我很掛心。後來吃了止痛藥後，劇痛總算緩和下來，最後跑出二七三公里的紀錄，第四次獲得世界冠軍的榮銜。

此外，我在二〇一二年春天在台灣跑步環島時，兩隻小腿因為疲勞性骨折，腫得不得了，每天三餐飯後都要吃止痛藥，對我來說就像是護身符一樣的藥。

還有不能忘記的是胃藥。

基本上我會在比賽當天的早餐後先吃一包，其他就是在比賽中覺得想吐或是反胃時吃。

另外，我為了避免吃止痛藥後引發胃痛，所以也會將止痛藥搭配胃藥一起吃。

平時就有用藥習慣的跑者們，在比賽時使用其他的藥物，可能會與自己原先服用的藥在搭配後產生預料外的副作用，所以最好還是要先向醫生諮詢比較好。

還有，身體狀況雖有可能因為服藥而有所好轉，但也可能因為吃藥反而弄巧成拙，如果可以在不吃藥的情況下跑完全程，就盡量不要吃，這樣對身體比較好。

11月27日（二）
今日總練跑距離：16km
早上：通勤跑5km
傍晚：回家跑11km

89 賽前的睡眠

最近因為事情多，忙到抽不出時間來讀書，所以我常常是在晚上進入被窩後，邊睡邊讀。

打開讀書燈，躺下來翻了幾頁後，我就會感受到一股濃烈的睡意，或許書本多少也發揮了一點「安眠藥」的功效吧。

並非是因為書的內容很無聊，不過託這些書的福，讓我最近很好入睡，睡得也很熟。

即便如此，一年裡頭還是有幾次，我會因為碰到一些事情而無法入睡，然後就在睡眠不足的情況下，很不舒爽地迎接早晨的來臨。

如果是出賽的前幾天碰到睡眠障礙的話，我會相當焦慮。

然後會因為這樣的焦慮而讓腦袋更清醒，更睡不著，陷入惡性循環。

特別是遠征國外參賽時，被安排和其他參賽者或是補給員同房住宿的情況很常見，我為了讓自己能按照往常的作息入睡，一定會準備眼罩、耳塞、鎮定劑這三項東西。

有時會碰到同房的室友一定要開著燈才睡得著，但我恰好相反，一定要在黑暗中才能入睡，所以只要準備了眼罩，就不會帶給他人麻煩。

此外，有時入住的地方周圍很吵鬧，所以耳塞也相當實用。

鎮定劑我平常是完全不會吃的，惟有在「萬不得已」時吃，此時藥效會相當好，吃下去後不到三十分鐘，我就會進入熟睡。

不過相反地，比賽後不知為何我明明是相當累的，但是腦袋卻很清醒，總是不太能入睡。

但比賽後就算睡眠不足也沒有關係，所以我也不會勉強自己入睡。

11 月 28 日（三）
今日總練跑距離：16km
早上：通勤跑 5km
傍晚：回家跑 11km

90 世界第一的超級馬拉松比賽

參加東吳超級國際馬拉松賽時，我在開幕式和閉幕式上，或是在接受其他電視台或是新聞採訪時，常說「東吳超馬是世界第一的比賽」。

當然我是考量到這個比賽的各個層面，包括無懈可擊的大賽運作過程，還有工作人員、義工們熱心又誠摯的付出，以及比賽會場全體與會人員創造的熱烈氣氛等，我是懷抱著敬意說出這番話的。而參賽者們也在這麼高水準的環境中，接連創下不愧於「世界第一比賽」美名的成果。

首先不能不提到的就是創下女子組世界紀錄的工藤真實小姐。

她在二〇〇九年創下令人驚異的二五四・四二五公里紀錄，二〇一一年時她更上一層樓，將紀錄推展至二五五・三〇三公里。

歷年來，女性在二十四小時賽事中超過二五〇公里的，除了她就只有匈牙利的柏潔思（Edit Berces，紀錄為二五〇・一〇六公里）。我想工藤真實的這個紀錄，今後大概也難有人能打破吧。

此外，東吳超馬賽在二〇〇二年由希臘超馬之神柯羅斯創下了二八四・〇七公里的紀錄，這是人類在二十一世紀的世界最高紀錄。今後我想持續關注，看看是否有選手能夠打破這個紀錄，或追上他以前創下的三〇三・五〇六公里的世界紀錄。

以下是二〇〇二年以來，東吳國際超級馬拉松男子組歷代冠軍紀錄以及奪冠時的世界排名。

也就是說，自二〇〇二年以來舉辦的九次大賽中，有六次的冠軍是同年的世界冠軍。我想放眼全世界大概找不到水準如此之高的比賽。

距離二〇一二年的東吳超馬，只剩下不到十天了。

2002 年以來東吳國際超級馬拉松賽事冠軍及成績

年份	姓名（國籍）	成績（公里）	當時世界排名
2002	科羅斯（希臘）	284.070	1
2003	努內斯 （Valmir Nunes）（巴西）	273.828	1
2004	大瀧雅之　（日本）	271.750	1
2005	關家良一　（日本）	264.410	2
2007	關家良一　（日本）	274.884	1
2008	關家良一　（日本）	256.862	7
2009	關家良一　（日本）	263.408	1
2010	關家良一　（日本）	268.126	2
2011	關家良一　（日本）	261.257	1

今年也能參加這麼高水準的比賽，我感到非常幸福，我相信到時我一定能抱著這種幸福的感覺來跑。

11月29日（四）
今日總練跑距離：16km
早上：通勤跑5km
傍晚：回家跑11km

91　如何在三小時內跑完馬拉松

這個月的練習重點是調整身體狀況，不拘泥於距離長短進行練跑，結果總共跑了五五八公里。

以一位一般業餘跑者的身分來看，一個月內能跑出這樣的距離可以說是相當不得了，不過上個月我累積跑了一千公里，這個月才五百多，會覺得這個月的累積距離其實是很克制的。

我在一九九四年第一次挑戰一百公里馬拉松賽時，月間練跑距離首度突破三百公里，但是我記得那時是花了很多時間，拼了命在跑的。

在那之後過了十八年，我對於距離的感覺已經完全麻痺了。

以前曾聽一位慢跑教練說：「只要能在一個月內輕鬆跑完六百公里，你就能在三小時內完跑馬拉松。」現在回顧這句話總覺得相當贊同。

我在這個月內體重雖然增加了將近一公斤，不過這個程度我想還不至於對跑步產生負擔吧。

以一般業餘跑者來說，即便一個人有跑長距離的實力，但在現實情況中是很難撥出那麼多時間來跑步的。

我能夠在每個月跑那麼長的距離，我認為都要歸功於身旁的人的協助，想要再次向家人和公司說聲謝謝。

這次的比賽結束後，我想要搭電車，而不是用「跑」的，跟家人來一趟溫泉旅行。

11月30日（五）
今日總練跑距離：16km
早上：通勤跑 5km
傍晚：回家跑 11km

12月

本月目標里程數：無

性質：總結前兩個月的練習

策略：適度刺激身體，避免掉以輕心

92 練習的終極目標到底是什麼呢？

今天在平常練跑的公園跑步，一圈二・六公里的路線我跑了八圈，配速是一公里四分鐘。

今天又變得更冷一點，但是天氣很好，是適合跑步的絕佳天候狀況。

我心想，這個月的重點是要為前兩個月的練習做一個收尾，特別意識到這一點來進行這個月的練習。

首先我先跑一・五公里慢跑當作暖身。

我在上完廁所後，站上平常練跑的起跑點。

以下是每圈所花費的分段時間。

圈數	該圈耗時（分秒）	累計時間（時分秒）
1	10’31”	10’31”
2	10’27”	20’58”
3	10’31”	31’29”
4	10’22”	41’52”
5	10’22”	52’14”
6	10’25”	1:02’39”
7	10’21”	1:13’01”
8	9’50”	1:22’51”

如果配速要控制在一公里四分鐘的話，一圈就必須要在十分二十四秒內跑完才行。今天我覺得身體的狀況不錯，一開始沒有使出全力來跑，卻也能達成這個配速目標。在最後一圈時，我竟然在十分鐘內就跑完，這已經是睽違了好幾年的超快速度了。

即將出賽前，我總是用一公里四分鐘這樣的配速來練跑。在這之前我都是用一公里四分半的配速來練跑。但是今年截至目前為止的練習品質之高，讓人很滿足，我的身體狀況也很好，所以我試著給自己一點練跑時的刺激，自己的身體也能夠確實應對，在這種情況下，感覺好像可以滿懷自信地出賽。

實際上我出賽的時候，將是以一公里五分鐘左右的配速來跑。在這種情況下，可能會有人覺得應該沒有必要進行像今天這樣快的速度練習，不過我今天的練習目標主要是要給身體一些刺激，只要能穩住自己設定的配速，可以輕鬆跑到最後，我想不管是怎麼樣的配速都是可以的。

開賽之前的兩個月，我不曾用出賽時的一公里五分鐘配速練跑過，這是我一直以來的慣例，所以也無須大驚小怪。

畢竟練習的終極目標是要提高、調整自己的身體狀況，讓自己在正式比賽時能拿出最佳表現。

希望自己之後不要自滿於這樣的練習成果，面對比賽不要掉以輕心。

12月1日（六）

早上：跑公園2.6公里X8圈=20.8公里+慢跑

本日總練跑距離：23公里

93 在入冬最冷的一天感到身體不對勁

今天早上天氣又更冷了一些，是入冬以來最冷的一天。

本來就沒打算要在今天要練跑，原因是我想在家中閉關，準備在台灣演講的內容。

這個演講是來自東吳超馬舉辦地東吳大學的請託，演講對象是學生，主題是東吳國際超馬賽，我也因此成為萬中選一的演講人。

我把過去的照片、報紙的報導、各種相關資料從電腦中找出來，貼到簡報檔上面。

我回顧了自二〇〇一年首次參賽到二〇一一年為止的十次出賽過程，把那一年的比賽概況、自己的成績、在賽事上所想所感，整理下來寫成草稿，過程中一面重新細讀了我的自傳《跑步教我的王者風範》的原稿，花了我不少時間。

總算在傍晚處理完，之後根本也沒時間喘口氣，就開始準備出國用的行李，在吃晚飯前好不容易才整理完。

這些準備工作，竟然變成了耗費一整天時間的大工程。

但是就在吃完晚餐後，我的身體馬上感覺到有點不對勁……

肚子突然開始痛起來，是那種腹瀉時的痛，而且這個痛感覺越來越明顯，痛到我無法入睡，整晚大概跑了四、五趟的廁所吧。

有可能是我一整天下來都沒有開暖氣，待在寒冷的房間中，身體因而受到影響。

距離比賽開跑只剩下六天了，我怎麼會這樣呢……

我有點焦急起來了。

12月2日（日）

本日總練跑距離：0公里

94 對身體的管控太掉以輕心了

因為腹瀉跟肚子痛的關係，我在幾乎一整晚都沒睡的情況下，迎接了早晨的來臨。

廠裡有些工作非得在我出國前完成不可，於是我打算還是要去上班。但是如果症狀就這樣持續惡化下去的話，別說是比賽了，就連出國可能都沒有辦法。總之我就先向公司請了上午的假，去醫院看病。

給內科醫師看了後，我問他：「是感冒嗎？還是食物中毒？」結果醫生也沒有給我一個明確的回覆。

因為我並沒有發燒，所以醫生也很難下判斷，我心想這醫師好像有點不可靠，去了醫院反而讓我更為不安。

醫生幫我開了止腹瀉、止腹痛的藥跟胃腸藥，我回到家後稍微躺了一下，躺著躺著就覺得身體感到很倦，量了一下體溫，發現是37.6度，有點輕微發燒。

我心想這樣實在沒辦法強打起精神去上班，於是打電話向公司請了一天的假，之後躺在床上睡覺，等待身體狀況復原。雖然每隔一段時間會因為想拉肚子而醒過來，不過整體來說睡得很熟。

到了傍晚，不曉得是不是醫生開的藥發揮功效了，肚子沒有那麼痛了，體溫也降了下來，我也得以好好吃了一頓晚餐。

這陣子從開始練跑到現在，我一直覺得練習狀況跟身體的調整都很令人滿意，沒想到會在最後幾天發生這樣的事件，讓我體認到自己在控管身體狀況方面太掉以輕心；但我也只能用樂觀的心情面對，告訴自己如果這是發生在比賽的前一天或是當天的話，肯定就沒救了。還好是現在生病。

今晚我八點就上床睡覺了，一整晚睡得很熟，一次也沒有醒過來。

12月3日（一）
本日總練跑距離：0公里

95 用勝利的豬排蓋飯討個吉利吧

昨天好好睡了一覺，今早肚子不痛，也沒拉肚子，神清氣爽地醒了過來。

本想跑步去上班的，但不巧早上下著雨，我就搭了會經過我家附近的同事的便車去公司。

明天開始就要跟公司請整整一星期的假，所以今天一定要把工作處理完，不能給公司帶來困擾。工作過程中我順利地一一完成該辦的事，在上班時間內全部搞定，不需要加班。

之前休息了三天，所以下班回家路上做通勤跑的時候，感覺非常良好，也確認了身體是很輕快的。

接著就是讓自己在出賽前回復到萬無一失的身體狀況。

今晚的晚餐是豬排蓋飯，晚餐後的甜點是蛋糕。

這是我每次出賽前固定的菜單，會這樣吃純粹是因為日文中的豬排蓋飯（カツ丼）跟「勝利」同音，蛋糕（ケーキ）則是跟「狀況（好）」同音，討個吉利，並不是出於營養學上的考量。

我其實還滿看重這種吉利、不吉利或是傳統的習俗。舉例來說我特別喜歡「1」這個數字，買東西時也常會挑金色的東西。以前有一次買東西時，找的零錢剛好是1111元，我就把那張收據放在錢包裡頭，把它當作是自己的護身符。

不過可能也是我本來就很樂觀，不管發生什麼事都會把它想成對自己是有利的吧。

再換個角度來看，我的病才剛好就馬上吃豬排蓋飯跟蛋糕，這樣好像不太好。吃完後果不其然，覺得胃脹脹的不舒服。

真希望自己能多學著在面對各種狀況都能夠有彈性的應對啊。

12月4日（二）
傍晚：通勤跑回家5公里

96 比賽前發生了麻煩事

早上跟平時一樣六點起床。

總覺得肚子有點怪怪的，卻不會痛，所以早餐就像平常一樣，吃了納豆拌飯跟加了蛋的味增湯，吃完後也把昨天吃剩的蛋糕吃得乾乾淨淨。

過了八點，我在妻子跟女兒的目送下，前往羽田機場。

前往機場要搭公車再轉乘電車，時間接近兩個小時，隨著離機場越來越近，我的肚子漸漸開始不對勁，抵達機場到要起飛的兩個小時之間，我到廁所拉了三次，漸漸變成腹瀉。

難道果真是昨晚的晚餐吃太好，加上今天早上吃了蛋糕的關係嗎……

中午十二點二十五分，搭上飛機前往台北。飛機上空位子很多，我身旁都沒有人坐，所以我就伸長了腳，在位子上坐得很輕鬆舒適。可是飛行途中肚子很不舒服，到台北之間的四個小時總共跑了五次廁所，感覺好像惡化成跟前天一樣的狀況。

我想，會不會是染上了今年冬天日本很流行的諾羅病毒，心裡感到很不安，可是又沒有發燒，所以應該不是重症。

沒想到竟然會在比賽前發生了這樣麻煩的狀況。

我搭乘的班機比預定晚了十分鐘，在下午三點十分抵達台北松山機場。這一次有出版社的人來接我，我們在機場大廳順利會合。步出機場外，外頭下著小雨，跟日本比起來溫暖很多，感覺很舒服。

從機場搭車前往晚上下榻的飯店，入住後我換了衣服，接著一樣是出版社的人帶我去吃晚餐。

抵達餐廳吃的是吃到飽的自助餐，但是因為我肚子很不舒服，沒什麼食慾。我想，出版社的人大概心中想著「這個人食量也太小了吧」。

接著晚上七點在餐廳附近的金石堂書店汀州店舉辦了我的新書簽名會，有許多讀者到場參加，跟他們一起拍了很多照片，也有比較深入的交流。在高昂的情緒中我完全忘記肚子不舒服的事，跟大家一起度過了歡樂的晚上。

活動結束回到飯店後，又開始拉肚子，半夜起來上廁所好幾次。但大概是因為舟車勞頓的疲累吧，晚上很快就入睡了，整晚下來睡得很飽。

12月5日（三）

本日總練跑距離：0公里

97 切換成備戰模式

早上原本想要六點起床的，但因為鬧鐘時間設定的是日本時間，結果被叫醒時是台北的早上五點。

起床第一件事就是去上廁所，一樣還是腹瀉，之後又回床上躺，一面用筆電上網打發時間。

不到七點，出版社的編輯到飯店來接我，之後我們兩人一起去跑步，他帶我前往的是距離飯店兩公里左右的台灣師範大學。

他們顧慮到我的賽前狀況調整，為我提供跑步的環境；因為明天起展開的比賽也是在跑道上舉辦，很慶幸今早的練跑讓我可以抓到跑道環境的感覺。

感覺上，師範大學的跑道跑起來比東吳大學的還要軟，一開始速度拉不上去；也可能是因為自己有一陣子沒有好好跑步的關係，覺得身體變得比較鈍。不過跑了幾圈後，習慣了跑道情況，身體也變得比較放鬆後，我用出賽時預定的配速，也就是一圈兩分鐘的速度，輕鬆地跑完全程。

最後總共跑了二十圈（八公里），流了一身汗，看時間差不多就結束了練習。

之後一直到中午前，我在出版社的辦公室協助了一些關於書的宣傳事項，基本上非常輕鬆地度過了上午。午餐後則前往台北市內的君品酒店，參加二〇一三年春天即將舉行的「國際環台超級馬拉松賽」的記者會。

今天從上午開始就覺得肚子有點不舒服，不過肚子不會痛，也沒有拉肚子，但是到了飯店後又開始拉肚子，坐在記者會現場，肚子內不斷發出翻攪聲，感覺相當不舒服。

為時一個小時半的記者會結束後，我跟聚集在會場的相關與會人士閒聊敘家常，中間我看準一個時機跑去上廁所，在廁所蹲了五分鐘，一次拉了個徹底。可能是因此把肚子裡不好的病毒都排出去了吧，之後一直到晚上，腹瀉跟腹痛的症狀都沒有再出現，總算可以比較舒服地繼續接下來的行程。

晚上到了東吳大學，在兩百多位的學生面前演講，講題是東吳國際超馬賽。因為我事前就準備了簡報，整理好演講內容，所以演講非常順利，學生們好像也聽得很開心。

今天一整天下來，除了跑步還忙了好多其他事情，感覺很充實，所以也不太覺得累。

最令人開心的是傍晚之後肚子狀況好很多，讓我心情上輕鬆很多。

明天就要跟日本隊的跑者們會合了，我想自己也差不多要切換成備戰模式了。

12月6日（四）
早上：師範大學操場跑道
10公里

98 我不讓自己陷於悲觀的想法裡

今早配合了時差，把鬧鐘設定成台灣時間的六點，不過在鬧鐘響起的十分鐘前自己就自然而然醒了過來。

起床第一件事是去上廁所，雖然肚子還是有一點脹脹的感覺，不過總算感覺到身體狀況有漸漸好轉。

出版社的編輯問我：「今早要跑步嗎？」但是我的習慣是比賽前一天都不跑步，向編輯傳達這點後，他於是提議去走走，帶我到飯店附近的南門市場逛。

這個市場似乎有很多觀光客造訪，不過這天早上沒看到什麼觀光客。市場裡頭有好多有趣的東西，像是少見的魚、豬腳、果乾等等，光是用看的就非常有趣。

之後我到了一間運動用品店接受雜誌採訪。採訪的議題是跟親子教育相關，除了跑步之外，還問了我很多關於我小時候的事跟我女兒的事，讓人覺得很新鮮。

中午在一家日式餐廳吃飯，我點了牛排定食，量比我想像中多很多，我沒顧慮到自己肚子不舒服的情況才剛好一點，不小心就吃了太多。

接著就前往東吳大學，在那裡首度跟日本隊的跑者們會合。

這次日本隊跑者很多，裡頭除了舊識跟很久不見的朋友，也有不少首次見面的人，能夠順利跟同伴們會合讓我鬆了一口氣。

這次我來到台灣後行程很滿，似乎有聽見大家討論的風聲說：「關家這次這麼累，會不會無法在比賽上施展全力？」我很有自信的回應說：「這次比起在日本工作時，身體獲得了更充分的休息，對我來說反而有利。」

這並不是逞強的場面話，而是真心這麼想的，我覺得這個想法真的是很有我個人風格的正向思考。

我一直到昨天都還苦於腹瀉，那時我就下定決心，不要去想「萬一到比賽前要是腹瀉還是不止該怎麼辦」，而是告訴自己「假設到賽前還是拉肚子的話，也不要把這拿來當藉口」。也因為我沒有陷於悲觀的想法裡頭，所以晚上很好睡，可能是因為這樣症狀才沒有加重吧。

在比賽前能夠保持那麼樂觀可以歸功於個性，但我想大概也跟自己過去以來累積了不少各式各樣的經驗、渡過了許多難關，因而建立出的自信有關吧。

在東吳超馬賽報到的會場上，選手們被一一介紹，大會還表揚了去年更新了世界紀錄的工藤真實、台灣紀錄保持者邱淑容、陳俊彥等人，之後進行了跑道的命名儀式。

東吳大學跟賽事的相關人士這樣直接明瞭地讚揚選手的表現，在我眼中看來覺得很教人敬佩。

傍晚大學內的餐廳舉辦了歡迎派對，我因為中午吃太多了，所以就適可而止只吃了一些而已。

晚上我們移動到日本隊全員下榻的劍潭海外青年活動中心，跟去年一樣，我跟井上明宏教練同一個房間。我們一面閒聊一面提早為隔天的比賽進行一些準備，九點半時上床睡覺。

12月7日（五）
本日總練跑距離：0公里

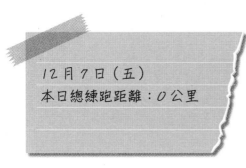

99 比賽當天，十二月八日，星期六

早上六點起床。

半夜起來上了兩次廁所，不過每次回到床上後馬上又睡得很熟，所以整晚睡得很飽。

整理好行李後下去一樓大廳，一面吃著早餐的麵包，一邊等巴士來接我們。

窗外開始下起滴滴答答的雨，大家在車上唯一討論的話題就是之後天候的變化。

八點前抵達東吳大學後，大家趕快前往日本隊的補給站，開始為比賽做準備。

跟學生義工的賽前討論，也是趁這個時候進行。我向負責的學生確認了補給的時間、換裝事宜跟物品清點。這次我準備的藥品有止痛藥、胃藥、整腸錠、止瀉藥，還有可以防止痙攣的芍藥甘草湯。

在跑步的過程中，我請義工每六個小時拿整腸藥給我，其他的藥品就等有出現狀況時再請他遞給我。

另外，補給則是請他每隔四個小時遞咖哩或是飯糰、泡麵等，其他像是巧克

力、一口大小的果凍、水果等則是請他以數十分鐘為間隔頻繁地遞給我。

水分補給方面，則是每三到四圈，以二百毫升寶特瓶中三分之二的量，隨意遞水、可樂、運動飲料或果汁等給我。

這位學生義工認真地把我說明的內容用筆記下來，讓我感受到他想要全力支援我的熱情，讓人覺得可以安心地把注意力集中在跑步上面。

八點二十分時，在跑道外的特設舞臺上舉行了開賽典禮，典禮上校長跟來賓一一致詞，也一一介紹了每一位出賽的跑者。

一如預期，開賽典禮拖得太長，所以延後了起跑時間（每年都會這樣……）。在持續下著的雨勢中，二〇一二年東吳國際超級馬拉松賽，在預訂開跑時間五分鐘後的九點五分正式起跑。

我和去年一樣，上半身穿著短袖T恤跟袖套，下半身是五分緊身褲，外頭再套上一件慢跑褲。因為我怕會綁腳，所以沒有戴小腿的綁腿。

一開始日本百公里馬拉松的代表選手原良和就一馬當先，後面緊接著二十四小時馬拉松賽中跑出二百五十六公里成績的最年輕紀錄保持者小谷修平（他才二十四歲），還有台灣實力堅強的跑者鄒雙喜。

我則保持一貫的速度，用四百公尺跑道一圈兩分鐘（等於一公里五分鐘）的配速推進，不管旁人跑得多快，都死守著自己的配速。

這次好像賽中也同時進行了以跑者為對象的攝影比賽，跑道沿路上有好幾個手拿專業單眼相機的人，好幾次我看到相機對準我時，就做出有趣的表情，面對攝影師我好幾次都先想好表情讓他們拍。

其實我本來是想要讓他們拍下自己比較認真的表情，但是像這樣擺出笑臉，刺激臉部肌肉，也能促進腦部的活化，對身體帶來一些好的影響，所以我才刻意扮出一些好玩的表情。

此外，這樣也能逗補給員跟義工們開心，我也因此可以跑得很開心。

通過五十公里時的時間是四小時九分〇七秒。

截至目前為止的一百二十五圈，我都是以一分五十五秒到二分〇二秒跑完一圈的速度來跑，這種穩定程度連我自己都覺得怎麼這麼厲害。

雨勢一陣大一陣小，就是完全沒有停過，不過因為我一直保持著穩定的配速，所以並不感覺到冷，就維持著開跑時的服裝繼續跑下去。

通過八十公里後暫時停了下來去上廁所，只有在那圈花了二分二十七秒，之後依舊維持著穩定的速度前進，以八小時十九分四十三秒通過了一百公里。

這時候我已經變成第二名了，但我前方的領先選手原良和，實在是個很厲害的角色。

他從一開賽就採用一公里四分半的高速來跑，通過一百公里時只花了七小時二十三分。我通過一百公里時，他跟我之間的差距已經有三十圈（十二公里）以上了。

到了目前這個時段，他的速度依舊完全沒有慢下來，全場的人好像都心想著說不定他會締造出不得了的成績，目光都集中在他的身上。

他的速度我完全追不上，所以不管如何都只能死守著自己一圈兩分鐘的配速。

我這次當然還是抱著「在賽中拿下七連霸」的目標。一直以來，每次奪冠都是我持續從頭跑到最後才獲得的結果，如果有人超越那樣的自己，平心而論那也是沒辦法的事。就算沒辦法拿到冠軍，我還是希望自己可以不要中斷，持續跑到最後。

其實是因為我如果不這樣想的話，可能就會在想到「無法獲勝」的瞬間就喪失鬥志，然後因此無法跑完全程吧。總之，我只想著不要去在意別人跑得如何，只要專心在自己的跑步上就好了。

之後，原良和通過一百英里的時間是十一小時五十九分二十四秒，在第十二小時的距離是一百六十一點〇七四公里，雙雙大幅更新亞洲紀錄，真是了不得的成績。此時我跟他之間的差距已經拉到了十七公里。

這兩項的亞洲紀錄，先前我也曾經創過，當時我一百英里的紀錄是十三小時二十分〇八秒，第十二小時跑出的距離是一百四十四點二五一公里，完全無法跟他相提並論。我也沒有為此感到懊惱，因為我以前就已經體認到，像原良和選手這樣速度型的跑者，只要認真挑戰的話，總有一天會超越我創下的紀錄。

從開賽到現在，基本上原良和一路都維持著相同的配速。比賽還剩下一半的時間，就算他在剩下的時間內速度大幅往下掉，到鳴槍結束的那一刻還是可以期待他能創下相當優異的紀錄。我也在這場賽事中第一次出現這個念頭：「這一次恐怕真的會輸了……」在此之前，我還一直堅信他的速度遲早會慢下來，奪冠的一定會是我。

正好就在此時，我看了一下大會的電子計時板，才發現原良和的距離記數顯示，已經停止好一段時間了。

我則是依舊保持著一圈兩分鐘的配速，第十二小時的距離是一百四十四公里。本來和原良和選手相差四十二圈，到了開賽後第十三小時，已經縮短成三十五圈，接著在三十分鐘後，追到只剩下二十一圈。

大瀧雅之一面跑一面對我說：「原良和好像因為股關節痛，所以停了下來。」果真就像他說的一樣，原選手在第十三小時四十五分的時候，累積了四百七十一圈（一百七十二公里）之後，宣告棄賽。

我在第十四小時跑出一百六十八公里之前，一直都維持一圈兩分鐘的配速。之後上了第二次廁所，速度就漸漸慢了下來。

到了第十四小時二十三分鐘的時候，我終於超越原良和，首度在今年這場賽事中站上了第一名。此時，我和第二名的澳洲選手馬汀・富萊爾（Martin Fryer）之間還有三十六圈（十四點四公里）的差距。我也開始意識到，只要不發生什麼太大的狀況，這次應該可以持續保持第一名，一路跑到終點。

會場瀰漫著「關家果然追上來了」的氛圍，在完全毫無停歇的雨勢下，我自己繃緊神經，警戒自己：「之後要是太大意的話，誰都說不準會發生什麼事。」

開賽經過了十五個小時後，日期來到了隔天。

100 比賽第二日，十二月九日，星期日

我以十六小時五十八分〇八秒通過了兩百公里。

這是我在參加東吳國際超馬賽的十一次比賽中，第二快的速度，在十七小時內通過也是第二次，但是從起跑開始就下個不停的雨讓我渾身發冷，腳上好幾處地方開始出現疼痛，第十八小時通過二百一十公里左右時，速度更是銳減。

這次我幾乎沒感覺到睡意或是內臟的不舒服，也沒有出現原本擔心的腹瀉跟腹痛症狀，所以進入了比賽後段，我是很想再多累積一些距離的，只是腳不聽使喚，沒辦法。我只能拼命地勉強維持一圈二分三十秒到四十秒的配速往前跑。

這是我第十一年參加這項賽事，我還是希望可以達成二十四小時賽超過兩百六十公里的成績。因此我也不敢掉以輕心，持續前進的腳步。

夜間我一直披著塑膠袋來擋雨，有時雨勢變得比較大，光是這樣無法完全擋到雨，所以到了天快破曉時，我在上半身套上了雨衣。

清晨接近了，天色開始變亮，雨勢依舊不停。

我過去參加過那麼多場比賽，這似乎還是第一次碰到持續那麼長的時間淋雨

跑步。

通過二百五十公里的時間是二十二小時三十四分十秒。從剩下的時間來推算，今年要超過二百六十公里是有可能的。

會場氣氛跟以往一樣，在接近二十四小時賽事的尾聲時會慢慢熱起來，讓跑者們更有鬥志。我也盡可能舉起手回應大家的加油，一面期待著高潮時刻的來臨。

最後，在比賽結束的前二十分鐘，我終於通過了二百六十公里。

我在此時停下腳步開始用走的，跟會場上的觀眾們一一擊掌分享喜悅，以此表達我的感謝。

這幾年我最後總是用這樣的「winning run」來為我的比賽做結，因為比賽結束後總是很混亂，沒有時間可以跟大家分享喜悅，特別是像這次沒有更新紀錄的情況下，我覺得以這樣的方式做結很好。

二十四小時賽事結束的號聲響起，我的成績是二百六十一點三六五公里。接著是頒獎典禮，我在比賽中奪得七連霸、第八次的勝利。

想到這次比賽完全下個不停的苦雨、冷冽的風勢，還有清晨時的寒冷等種種不利條件，我對自己這次的表現感到引以為傲，覺得無可挑剔。

我也再次體認到，不管是在怎麼樣的條件下，只要充分練習、穩住自己，就一定會有好的結果。

從九月一日開始練習，到今天剛好滿一百天。

我覺得這是回報自己過去辛勞最棒的形式。

在比賽上真的承蒙了學生義工們的幫忙。要是沒有他們，我想我就無法達成這個紀錄。此外還有工作人員跟賽事的相關人士、支持者們、一起跑的跑者們，所有人都真的很棒，真的很高興自己參加了這場「世界第一的比賽」，也相當以此為傲。

最後我想對總是在背後支持我的妻子和家人，還有支持我跑馬拉松、爽快准假的職場同仁們再次表達謝意。

各位，真的是非常謝謝你們！

2012 東吳國際超馬最終成績統計表						
排名	姓名	Name	性別	國籍	圈數	距離（公里）
1	關家良一	SEKIYA, Ryoichi	男	日本	653	261.365
2	馬丁・佛萊爾	FRYER, Martin	男	澳洲	618	247.590
3	鄒雙喜	TSOU, Shuang-His	男	中華台北	604	241.600
4	工藤真實	KUDO, Mami	女	日本	587	235.129
5	白川清子	SHIRAKAWA, Kiyoko	女	日本	557	222.962
6	稲垣壽美	INAGAKI, Sumie	女	日本	553	221.555
7	吉兒維雅・盧比思	LUBICS, Szilvia	女	匈牙利	539	215.600
8	羅維銘	O, Wei- Ming	男	中華台北	532	212.800
9	蔡萬春	TSAI, Wan-Chun	男	中華台北	529	211.654
10	盧明珠	LU, Ming-Chu	女	中華台北	482	195.983
11	王少華	WANG, Shaw-Hwa	男	中華台北	469	190.834
12	小谷修平	ODANI, Shuhei	男	日本	476	190.488
13	大瀧雅之	OTAKI, Masayuki	男	日本	465	186.269
14	吳清章	WU, Ching-Chang	男	中華台北	451	183.470

2012 東吳國際超馬最終成績統計表						
排名	姓名	Name	性別	國籍	圈數	距離（公里）
15	黃崑鵬	HUANG, Kun-Peng	男	中華台北	448	182.079
16	王雅芬	WANG, Ya-Fen	女	中華台北	443	180.048
17	黃英信	HUANG, Ying-Xin	男	中華台北	436	177.428
18	蕭萬呈	XIAU, Wan-Cheng	男	中華台北	431	175.356
19	原良和	HARA, Yoshikazu	男	日本	431	172.400
20	鄒宏傑	TSOU, Hung-chieh	男	中華台北	419	170.297
21	胡肅敏	HU, Su-Min	女	中華台北	419	170.255
22	徐昌國	SHU, Chang-Kuo	男	中華台北	416	169.037
23	能渡貴美枝	NOTO, Kimie	女	日本	417	167.112
24	林夢姬	LIN, Mong-Chi	女	中華台北	384	156.012
25	吳勝銘	WU, Sheng-Ming	男	中華台北	363	145.200
26	賈魯歆	CHIA, Lu-Hsin	女	中華台北	327	132.854

2012 東吳國際超馬最終成績統計表						
排名	姓名	Name	性別	國籍	圈數	距離（公里）
27	蕭亞軍	XIAO, Ya-Jyun	男	中華台北	320	128.000
28	胡榮清	HU, Jung-Ching	男	中華台北	317	126.800
29	馬可・佛南茲歐	FARINAZZO, Marco	男	巴西	316	126.421
30	奧立費耶・拉伐斯托	LAVASTRE, Oliver	男	法國	290	117.821
31	楊鴻輝	ANG, Hung-Hui	男	中華台北	256	102.400
32	陳錦輝	CHEN, Ching-Hui	男	中華台北	252	100.800
33	梁文榮	LIANG, Wen-Jung	男	中華台北	238	96.695
34	黃衍齡	HUANG, Yan-Ling	女	中華台北	194	78.818
35	曾志龍	TSENG,Chih-Lung	男	馬來西亞	185	75.329

※ 我的成績是二六一點三六五公里，在二〇一二年間全球的二十四小時賽事中，排名世界第三。

後記

慢慢跑就會變快

二〇一二年底，東吳國際超馬賽結束的隔天，我為了在台灣出版的自傳的行銷工作，從台北前往新竹的清華大學，受到新竹地區跑者、讀者的熱烈歡迎。

我和許多讀者或跑者握手、拍照、交流，其中有一個人向我提出了這樣的問題：「關家先生，要怎麼樣才能跑得快呢？」

面對這個問題，我一開始的回答是說：「首先，先從慢慢跑開始。」那個人聽了之後，露出苦笑，一副「你騙我的吧」的表情，彷彿我在開玩笑一樣。

我接著認真回說：「我沒有在開玩笑。如果不先慢慢跑，建立起基礎的肌力跟動作，一開始練習就跑很快的話，不僅沒有效果，而且還會受傷。」他才接受了我的說法。

這次我在進行備賽練習的三個多月時間中，前兩個月完全沒有意識到速度，只是一個勁地累積距離而已。

距離比賽剩下一個月時，我才開始降低距離、提高速度，將重點放在「讓身體的動作更為順暢」這件事上。實際上有意識到速度、使用碼表的時候，只有幾天而已。

此外，也因為我不看時間，依賴的是自己的體感速度，所以在身體狀況不佳時，可能會有幾天跑起來的速度比前兩個月還慢。

我的做法是「慢慢地拉長距離跑」，藉由不斷重複這樣的練習，讓身體記住跑步的基本動作，這樣對腳就不會帶來速度練習產生的衝擊，就算跑了一定的長距離，受傷的風險也不大。做為一位選手，這是可以讓自己長久持續跑下去的方法。

另外我還想提出一點，若想要長久持續跑下去的話，很重要的是在比賽結束後要好好休養。特別是跑出好成績後，自己會因為處於一種興奮狀態，反而感受不到疲累，容易陷入「自己還可以跑」的錯覺，這種時候要特別小心。

身體不會開口對你說話。比賽後你也確實會累積疲勞。我想，用半強迫的方式讓自己休息，才是最好的。

此外，我也覺得讓身體休息與否，會影響到下一次的比賽結果。二〇一二東吳國際超馬賽事結束後，連續八天我徹底休養，都沒有跑步。

賽事結束後連續三天，我都出現了劇烈的肌肉疼痛，根本不是可以跑步的狀態。這陣劇烈的肌肉疼痛過後，就算是在想跑就可以跑的情況下，我也會刻意踩煞車，讓自己休息。

之後，我也堅持只跑短距離的慢跑。這種跑步方式，可以消除疲勞。從台北回到日本後，在十二月十日到一月九日之間的這三十一天內，我跑步的距離是一八〇公里，每天平均五點八公里。這樣子的跑步生活型態，讓人很難聯想到我比賽前的密集練習。比賽後的一個月，我遵守了和家人的約定，開車帶他們一起去溫泉旅行。

這段期間我體重增加了將近三公斤，但我很樂觀地想：「這樣下次開始賽前練跑時，又多了減輕體重的樂趣了。」

讓身體好好休息、珍惜自然、關心家人，然後希望自己不要忘記對於公司同事、友人或是身旁的人的感謝，在下一次比賽時再次踏出新的一步。

我在這本書中以日記的形式介紹了自己對於練習或是跑步的想法、經驗、知識等等，如果能在各位讀者的跑步生活中帶來些許幫助的話，是我最大的榮幸。